Sandy Brown

IST DENN DORT DRAUSSEN NIEMAND, DER MIR HELFEN KANN?

Sandy Brown

Ist denn dort draußen niemand, der mir helfen kann?

LEUCHTER
EDITION

Leuchter Edition · Erzhausen

Titel der Originalausgabe:
Isn't there anybody out there who can help me?
Übersetzung: Annegret Paul
Überarbeitung zur 6. Auflage: Ingo Schreurs

Postfach 11 61, 64386 Erzhausen
Telefon 06150-9736-0
Telefax: 06150-9736-36

6., überarbeitete Auflage 2001
Die ersten fünf Auflagen erschienen bei
Worte des Lebens e.V., Remscheid

Im Original erschienen bei Hunter Books
201 McClellan Road, Kingwood TX 77339 USA

ISBN 3-87482-511-6
Bestell-Nr. 547.511

Gesamtherstellung: Schönbach-Druck GmbH, Erzhausen

INHALTSVERZEICHNIS

TEIL EINS

„Denn jeder, der den Namen des Herrn anrufen wird, wird errettet werden“ (Römer 10,13).

1

Geboren unter einem Spieltisch

„Ist denn dort draußen *niemand,* der mir *helfen* kann?“, schrie ich, den Kopf aus dem offenen Autofenster gestreckt. Eine betäubende Stille war die einzige Antwort. Mein vom Wind zerzaustes Haar schlug mir ins Gesicht, als ich nach dem Steuerrad griff und versuchte, der Wirkung der Tabletten zu widerstehen, die ich kurz vorher mit einem Drink hinuntergestürzt hatte.

Es hatte keinen Zweck mehr. Das Leben ist die Hölle auf Erden, und der Tod wird mich von allen Schwierigkeiten erlösen. Ich nehme einige Tabletten, fahre mein Auto gegen einen Felsen und *sterbe!*

Aber nun, plötzlich, war mein Todeswunsch zu einem Überlebenskampf geworden! Meine Augen schmerzten, als ich sie zwang, sich auf die weiße Straßenmarkierung zu konzentrieren, in der Hoffnung, so die Kontrolle über das immer schneller werdende Auto zu behalten. Die Schläfrigkeit hüllte mich immer tiefer in ihren Schleier, und als die Bilder meiner Halluzinationen sich wie in einem Kaleidoskop zu ständig wechselnden Farbmustern zusammensetzten, da wusste ich, dass mein selbstgefälltes Todesurteil nicht mehr aufgehoben werden würde. „Das ist es“, dachte ich. „Ich sterbe!“

Am Abend vorher war ich noch in zuversichtlicher Stimmung gewesen. Meine Scheidung von Rick war noch nicht rechtskräftig, und ich dachte, wir könnten die Dinge zwischen uns noch einmal in Ordnung bringen.

Meine zweite Ehe, genauso wie meine erste, war sehr stürmisch verlaufen. Aber für eine zwanzigjährige

Kellnerin mit drei Kindern war es immerhin eine Ehe.

Die Ehefrau eines gutaussehenden Musikers zu sein, stärkte mein Selbstvertrauen. Aber mein Versöhnungsplan sollte in einer grausamen Katastrophe enden.

Auf der Fahrt hinaus in die Wüste pressten sich meine Lippen fest aufeinander, während die demütigende Szene vom Vorabend sich wieder und wieder in meinem Kopf abspielte. Ich war in einen Nachtclub gegangen, den Rick oft besuchte, und während ich auf ihn wartete, hatte ich mir unser romantisches Wiedersehen ausgemalt. Gekleidet in das Aufregendste, was ich besaß, war ich sicher, er würde, nachdem er einen Blick auf mich geworfen hatte, erkennen, was er verpasst hatte, und mich stürmisch umarmen. Dann würden wir wieder zusammen und für immer glücklich sein.

Ich hatte mir alles so schön vorgestellt.

Zu meinem Entsetzen war er nicht allein, als er hereinkam. Eine andere Frau war bei ihm! Ein eifersüchtiger Zorn brach aus mir hervor. Wie konnte er mich nur so demütigen! Während die Tränen unbeherrscht über mein Gesicht liefen, überschüttete ich Rick mit hasserfüllten Beschuldigungen. Wütend verlangte ich eine Erklärung für sein demütigendes Verhalten!

Doch statt mit mir zu sprechen, ballte er einfach seine Faust und schlug mich zu Boden, mitten im Nachtclub – vor meinen Freunden und allen anderen! Und niemand unternahm auch nur den Versuch mir zu helfen!

Noch benommen von dem Schlag, hatte ich mich vom Boden des Nachtclubs erhoben und war zu meinem Auto gelaufen.

Es hatte in meinen Leben viele Enttäuschungen und seelische Schmerzen gegeben, aber dies hier übertraf alles, was mir jemals passiert war.

Der Schlag hatte nicht nur mein Auge schwarz gefärbt, sondern auch mein bereits angeschlagenes Ego vernichtend getroffen. Diese Demütigung hatte die letzte Hoffnung auf Glück, die noch in mir war, ausgelöscht. Zwei gescheiterte

Ehen, Kränkung, Ablehnung und immer wieder die Drogen, um überhaupt arbeiten zu können, hatten meine Seele zerstört. Ich kam mir vor wie ein verblichener Haufen Knochen in der Wüste von Nevada. Von meinem Mann in der Öffentlichkeit so brutal behandelt und gedemütigt, fühlte ich mich leer und wertlos. Ich wollte sterben!

Selbstmord, dachte ich, würde mich von dem heftigen Schmerz befreien, der in mir brannte. So überlegte ich, auf welche Art ich meinem Leben ein Ende setzen konnte. Ich spülte schließlich eine Handvoll Tabletten mit etwas Schnaps hinunter. Ich wusste sehr genau, dass die Menge Tabletten, die ich genommen hatte, tödlich sein würde. In der Tat gehörten Drogen, Aufputsch- und Beruhigungsmittel für mich schon seit früher Jugend zum täglichen Leben. Und nun erschienen sie mir als der einzige Ausweg vor dem entsetzlichen Schmerz, der mich zu erdrücken schien.

Ich fuhr auf der Straße außerhalb von Las Vegas, in die Wüste von Nevada hinein. Ich erwartete, dass die Drogen bald anfangen würden zu wirken. „Es wird nicht lange dauern", murmelte ich mit zusammengebissenen Zähnen. Mein Atem wurde flach und langsam.

Aber plötzlich erschütterte etwas meine Gedanken, das mich für kurze Zeit aus der Benommenheit der Drogen herausholte. Einen Moment lang achtete ich nicht auf die Straße, denn vor meinen Augen schien eine riesige Leinwand wie in einem Kino aufzutauchen. Das Bild, das auf der Leinwand zu sehen war, war herzzerreißend! Es zeigte meine Kinder, meine drei kleinen Kinder, wie sie ohne Mutter aufwachsen würden. Mein Herz wand sich in Schmerzen, als ich ihre Zukunft sah, ohne mich, um sie zu lieben und für sie zu sorgen. Und plötzlich, wie die Glut, die im Wind neu entflammt, wollte ich nicht mehr sterben! Ich wollte leben und für meine Kinder sorgen!

Und mit dem Kopf aus dem offenen Autofenster gelehnt, schrie ich, scheinbar ins Nichts hinein: „IST DENN DORT DRAUSSEN *NIEMAND,* DER MIR *HELFEN* KANN?"

Meine beiden Brüder und ich wuchsen in Las Vegas, Nevada, auf, der „Vergnügungsmetropole der Welt“. Die weltberühmten Casinos und die vornehmen Hotels waren uns bestens vertraut.

Für die meisten Leute ist Las Vegas eine einzige Spielhölle. Selbst in den frühen Jahren nach seiner Gründung war es bereits für seine Spielhallen bekannt, in denen Viehzüchter und Bergarbeiter den Lohn eines ganzen Monats an einem Abend gewinnen oder verlieren konnten. Auf einem Foto von Las Vegas, das 1908 aufgenommen wurde, sieht man als einziges Gebäude, das kein Spielhallenunternehmen war, eine Imbissbude.

In der Hoffnung auf die Gunst ihrer Glücksgöttinnen werden jährlich ungefähr 13 Millionen Menschen an die Roulettetische, die Spielautomaten und die Würfeltische gelockt. Von Spitzenentertainern und berühmten Musikgruppen werden ihnen Illusionen des Glücks vorgegaukelt. Die meisten von ihnen gehen mit leeren Taschen weg, aber sie kommen immer wieder zurück, gefangen durch die Pracht und den Glanz des Nachtlebens von Las Vegas.

Für uns Bewohner von Las Vegas bedeuten die Clubs und die Leute, die sie besuchen, unser täglich Brot. Inmitten der Reichtümer, die in die Stadt fließen, florieren die Geschäfte – die legalen und auch die anderen.

Vierundzwanzig Stunden am Tag versprechen aufreizende, pulsierende Leuchtreklamen an den Casinos eine schöne Zeit und leichtes Geld. Aber diese Versprechen sind genauso trügerisch wie die Lichter, die glitzern und funkeln und sich in jedes nur vorstellbare Muster verwandeln. Wie die grinsende Katze in „Alice im Wunderland“ verhöhnen sie unsere falschen Erwartungen und die unerfüllten Hoffnungen.

Aufgewachsen inmitten dieser unechten Pracht, waren unsere menschlichen Eigenschaften vom Geist dieser Stadt geformt. In Las Vegas sieht es immer so aus, als würde der nächste Wurf oder nächste Zug am Spielautomaten den Durchbruch bringen, auf den du hoffst. Aber er kommt niemals.

So lernst du weiterzumachen und auf die nächste Gelegenheit zu warten.

Du lernst auch die Überlebenstechniken: Nimm, oder du wirst genommen, gebrauche, oder du wirst gebraucht. Wenn der Stress des schnellen Lebensstils dir zu groß wird oder dir einfach nach einem bisschen Freude zumute ist, dann kannst du etwas Speed schießen oder einen Joint rauchen. Es gibt alles hier, so leicht erhältlich wie geschnittenes Brot, in einer Stadt, die sich den Namen „Disneyland der über 21-Jährigen“ erworben hat.

Meine Familie lebte in einem der teureren Wohnviertel von Las Vegas, wo die Häuserreihen mit ihren perfekt gemähten Rasen, überschattet von anmutigen Palmen, den Erfolg ihrer Eigentümer widerspiegelten. Viele wohlhabende und einflussreiche Leute der Stadt wohnten in unserer Nachbarschaft, unter ihnen der Bürgermeister und einige der Nachtclubbesitzer. Unser Haus war wunderschön, aber Mum und Dad mussten beide arbeiten, damit wir uns unseren hohen Lebensstandard leisten konnten. Dad war in der Lebensmittelbranche, und im Laufe der Jahre gehörten ihm einige Geschäfte im Stadtgebiet von Las Vegas.

Dad war Alkoholiker. Ich muss sagen, ich habe ihn niemals nüchtern gesehen. Sein Trinken und seine Untreue machten meiner Mutter großen Kummer. Streitereien, in denen Mum und Dad sich wegen seiner Sauferei und seinen Frauengeschichten heftig beschimpften, gehörten in unserem Haus mit zum Tagesablauf.

Dads Hang zum Alkohol zog uns alle in Mitleidenschaft. Er war manchmal so durcheinander, dass er nachmittags um drei Uhr nach Hause kam und uns Kinder alle ins Bett schickte. Er dachte, es wäre Abend!

Für uns Kinder war die Zeit des Heranwachsens auch eine Zeit emotionaler Entbehrungen. Ständige Streitereien hatten die Entwicklung normaler familiärer Beziehungen verhindert.

Mich hungerte nach etwas Aufmerksamkeit von meinen Eltern. So sann ich auf alle möglichen Tricks. Eines

Tages kam ich vom Zahnarzt zurück und mein Mund war von der Spritze noch taub. Ich nahm eine Rasierklinge und machte damit an verschiedenen Stellen in meinem Mund ein paar Schnitte und legte mich dann auf die Treppe, während das Blut an meinem Gesicht herunterlief. Ich hoffte, jemand würde denken, ich sei gefallen. Ganz sicher würde ich liebevoll in die Arme genommen und getröstet werden.

Stattdessen aber wurden Mum und Dad böse auf den Zahnarzt, als man mich fand. In der Annahme, seine nachlässige Behandlung hätte meinen Zustand verursacht, fingen sie an darüber zu diskutieren, den Arzt wegen eines Kunstfehlers zu belangen. Sie rechneten sich schon aus, wie viel Geld sie dabei wohl bekommen könnten.

Meine eigenen Bedürfnisse, sowohl seelischer als auch körperlicher Art, wurden meistens einfach übersehen.

Die beiden Jungen, Jim und Bill, hatten andere Methoden, um mit dem Chaos und dem Stress fertig zu werden, hauptsächlich indem sie Drogen nahmen. Am Anfang war es Marihuana. Sie fingen sogar an, es im Garten selbst zu ziehen! Mama glaubte, sie hätten einen Gemüsegarten angelegt und war stolz darauf, dass die Jungen sich einer nützlichen Tätigkeit zugewandt hatten.

Eines Nachmittags jedoch las sie in der Nachmittagszeitung. Die beiden Jungen pflegten gerade sorgfältig ihren „Gemüsegarten". Da wurde ihre Aufmerksamkeit auf eine Abbildung von einer Pflanze gelenkt, die ihr irgendwie bekannt vorkam, und so las sie den Begleitartikel. Dort wurde beschrieben, woran man Marihuana erkennen kann. Sofort merkte sie, dass sie von den Burschen an der Nase herumgeführt worden war!

„Ich bring sie um! Ich bring sie um!", schrie sie wutschnaubend, während sie, die Zeitung wie ein Schwert in die Höhe gestreckt, in den Garten rannte. Noch nie hatten wir unsere Mutter so böse gesehen!

„Reißt die Pflanzen aus und verbrennt sie! SOFORT!", befahl sie, und um zu zeigen, dass sie es ernst meinte, hob sie einen dicken Stock auf. Die Jungen bettelten, dass

Mama sie die Pflanzen an einen anderen Ort pflanzen ließ, aber sie war unerbittlich. Meine Brüder jammerten und schimpften laut, während sie die großen, gesunden Pflanzen ausrissen und in Brand steckten.

Als wir um das Gartenfeuer herumstanden und die verkohlten Überreste beobachteten, drang der Rauch in unsere Lungen und machte uns richtig high. Sogar Mama wurde ein wenig high. Vom Krawall angezogen, kam unser Hund mit seinen Jungen herüber und sie nahmen mehr als nur einen Zug. Es dauerte nicht lange, da liefen torkelnde Welpen über den ganzen Hof. Und die Jungen natürlich sogen so viel Rauch ein, wie sie nur konnten! Ich glaube, die ganze Nachbarschaft hat an diesem Tag Marihuana geschnüffelt!

Die Jungen gerieten in immer stärkere Abhängigkeit. Marihuana genügte nicht mehr. Zuerst nahmen sie Drogen, zeitweise, um Unruhe und Konflikten in ihrem Leben auszuweichen. Aber anstatt ihre Probleme zu mildern, wurden diese noch komplizierter, und so wurde auch ihre Abhängigkeit immer größer.

Bald setzten sie sich Nadeln in die Venen, um mit Hilfe von harten Drogen high zu werden. Sie hingen jetzt fest an der Nadel, außerdem experimentierten sie noch mit allem möglichem anderen.

Jim arbeitete bei einem Tierarzt, bei dem er die Drogen stahl, die für die Narkose der Tiere verwendet wurden, um sie dann selbst zu nehmen.

Jim fing dann auch an mit Drogen zu handeln. Er wurde einer der größten Dealer unter den Schülern unserer Gegend. Das wiederum brachte ihn in Kontakt mit organisierten Verbrecherbanden, denn der Drogenhandel wird von ihnen kontrolliert und ist eines ihrer einträglichsten Geschäfte.

Jeder Umgang mit den Syndikaten kann gefährlich werden. Fliegt ein Handel auf, so sind die Konsequenzen verheerend.

Einige Freunde meines Bruders waren bereits umgebracht worden, manchen hatten sie sogar den Kopf abgeschlagen! Es gab keine Sicherheiten. Das eigene Leben war ständig in Gefahr.

Drogen waren nicht etwas, was du auf der Straße suchen musstest, um es zu bekommen, sie waren in deiner nächsten Umgebung zu haben. Ich nahm zum ersten Mal Drogen im Haus meiner Freundin Josie. Die Mutter von Josie nahm selbst ständig Drogen, und sie gab uns Aufputschmittel, weil wir dann schneller und besser arbeiten konnten, wenn wir das Haus für sie putzten. Josies Vater, ein Kredithai mit Verbindungen zur Mafia, sollte später in meinem Leben noch eine besondere Rolle spielen.

Mein Bruder Jim wurde mit 17 Jahren heroinsüchtig. Ironischerweise verdankte ich ihm aber das bisschen moralische Stabilität, das ich hatte. Seine Ratschläge zum Thema Ehe, Sex und zu anderen Dingen habe ich nicht vergessen und sie haben mein Handeln auch in den späteren Jahren noch stark beeinflusst. Er wusste, dass sein eigenes Leben verpfuscht war. Deshalb wollte er, dass ich die Fehler vermeide, die er begangen hatte. Obwohl er ein Fixer war, machte er sich genug aus seiner kleinen Schwester, um zu versuchen, ihrem Leben eine andere Richtung zu geben.

Die Sucht meines Bruders wurde so schlimm, dass er sogar mehrmals Einbrüche in unser Haus arrangierte, um von dem Erlös der verkauften Sachen Drogen kaufen zu können.

Schließlich sah Dad sich gezwungen, unser schönes Haus zu verkaufen und in eine bescheidenere Umgebung zu ziehen. Meine Eltern verloren fast alles, was sie besaßen, nur durch Jims Rauschgiftsucht.

Unser Familienleben wurde aber auch auf andere Weise zerrüttet. Da er stahl, um Drogen kaufen zu können, wurde Jim häufig von der Polizei gesucht. Wenn sie einen Tipp bekamen, dass er zu Hause wäre, dann waren sie da. Die häufigen Besuche von Polizeistreifen, die mit Sirenengeheul und Blaulicht ankamen, hatten eine verheerende Wirkung auf unser häusliches Leben.

Später konnte niemand mehr mit Jim fertig werden,

und so musste er in ein Drogenrehabilitationszentrum in Kalifornien eingewiesen werden, wo er die nächsten neun Jahre seines Lebens mit Therapien zubrachte.

Mein jüngerer Bruder, Bill, war ebenfalls stark abhängig. Sein Leben, genau wie das von Jim, wurde durch die Drogen völlig zerstört. Und auch er verlor vollständig die Kontrolle über sein Leben.

Eines Nachts lehnte er sich auf einem Friedhof gegen einen Grabstein und schluckte fünf LSD-Trips auf einmal. Die Folgen waren verheerend. Schreiend vor Wahnvorstellungen, lief er nach Hause, kauerte sich in der Ecke eines Zimmers nieder und war unansprechbar. Meine Eltern mussten ihn drei Tage lang einsperren.

Mein eigenes Leben verschlechterte sich ebenfalls. Durch das ständige Schuleschwänzen und das Trinken mit Freunden ließ meine Ausbildung einiges zu wünschen übrig. Da die Tabletten, die ich regelmäßig nahm, mich überaktiv und rebellisch machten, wurde Pflichtvergessenheit zu einem großen Problem für mich. Es gab extra einen Lehrer, der dafür zuständig war, die Kinder, die schwänzten, oder solche mit anderen schulischen Schwierigkeiten, zur Polizei zu bringen, und so landeten wir oft im Jugendarrest und warteten darauf, von unseren Eltern wieder herausgeholt zu werden.

Ich fehlte so oft in der Schule, dass ich an einem Sonderunterricht teilnehmen musste, nur um Lesen, Schreiben und Rechnen zu lernen. Aber ich hatte einfach kein Interesse daran, in einem langweiligen Klassenzimmer zu sitzen und einem Lehrer zuzuhören, der versuchte, uns irgendeine Rechenaufgabe oder ein für mich wertloses Stück Geschichte zu erklären. Ich dachte ständig daran, ganz mit der Schule aufzuhören, ja ich konnte es kaum erwarten, bis ich endlich alt genug sein würde, um die Schule hinzuschmeißen.

Jedes einzelne unserer Familienmitglieder schien durch seine eigenen Krisen zu gehen. Dad trank weiterhin Alkohol in großen Mengen. Dabei gab er auch seine Frauengeschichten nicht auf, so dass Mamas emotionaler Zustand sich weiter verschlimmerte. Die Jungen nahmen harte Drogen und machten dabei alle geistigen, körperlichen und seelischen Qualen durch, die nun einmal mit einem solchen Lebensstil verbunden sind. Aber weil ich noch nie etwas anderes gesehen hatte, schien mir das alles ganz normal.

Meine Eltern beschlossen, mich für eine Weile zu meiner Tante zu schicken, die in der Nähe von Billing, Montana, wohnte. Mama sagte, die Veränderung würde mir gut tun, und es schien eine vernünftige Idee zu sein. Ich erbat mir von Mama, dass ich, wenn ich schon fahren musste, wenigstens mit dem Zug reisen durfte und nicht mit dem Flugzeug. Ich hatte mir nämlich schon überlegt, dass ich auf der Fahrt nach dort oben in aller Ruhe meinen Vorrat an Drogen verkonsumieren könnte, denn höchstwahrscheinlich würde es danach eine Zeit lang keinen Nachschub mehr für mich geben. Sie willigte ein, ohne den Grund für meine Bitte zu ahnen. Und so verbrachte ich die dreitägige Reise damit, mir Pillen reinzuziehen und high zu sein.

Nach zwei Wochen schickte mich meine Tante zu ihrer Tochter in Deaver, Wyoming, wo ich in die neunte Klasse der einzigen Schule am Ort kam. In der Tat war ich der einzige Neuntklässler. Das war ein gewaltiger Unterschied zu der undisziplinierten Schule, die ich in Las Vegas besucht hatte!

Alle Angst vor dem Zusammenleben mit „Landcousinen“ erwies sich bald als unbegründet. Es stellte sich heraus, dass dort eine entspannte, gesunde Atmosphäre herrschte, und das war genau das, was ich brauchte, um mich von dem schnellen, hektischen Lebensstil zu Hause zu erholen.

Der Mann meiner Cousine war der Sportlehrer der Schule. Solange ich bei ihnen war, achtete ich sorgfältig auf mein Benehmen, ich hörte auf zu rauchen und nahm keine Drogen mehr (zuvor hatte ich bereits ihren ganzen Vorrat an Hustenmitteln und die gesamte Hausapotheke aufgebraucht), denn ich wollte nicht, dass meine Cousine und ihr Mann etwas merkten. Sie hatten mit solchen Sachen nichts zu tun. In Las Vegas hätten wir sie als Spießer bezeichnet.

Die saubere Luft und das Landleben waren erholsam. Der Mann meiner Cousine und ich wurden gute Freunde, und er übte auf mich jenen positiven, väterlichen Einfluss aus, nach dem ich mich sehnte und zu dem mein eigener Vater nie fähig gewesen war. Und zum ersten Mal in meinem Leben sah ich eine beständige Art des Familienlebens, von der ich oft geträumt, aber die ich nie gesehen hatte.

Ich nahm an dem Unterricht in den üblichen allgemeinbildenden Fächern teil, und zum ersten Mal genoss ich das Lernen. Ich fing an, mich für Gedichte zu begeistern. Ich vertiefte mich in ihre rhythmische Ausdrucksweise und hatte große Freude an ihrer wunderbaren Sprache. Ich schrieb Gedichte sehr sauber und sorgfältig ab und schickte sie meiner Mama, damit sie das Besondere an ihnen auch genießen konnte.

Das Wochenende verbrachte ich oft auf der Farm von Freunden, freute mich an der schönen Landschaft und durfte einmal sogar zusehen, wie Lämmer geboren wurden. Es war faszinierend, ich sog die wunderbaren Eindrücke und Geräusche dieser malerischen Landschaft nur so in mich auf.

Mit der Zeit begann der verdrängte Wunsch nach einem glücklichen Familienleben in mir wieder zu erwachen. Irgendwie fühlte ich, dass in dem Maße, wie ich mich veränderte, auch meine Familie zu Hause sich ändern müsse. Ich war sicher, dass ihre Probleme gelöst und ihr Leben glücklicher werden würde, genau wie es bei mir geschehen war. Ich bildete mir ein, wenn ich nach Hause käme, dann würde alles in Ordnung sein.

Als ich nun nach Ende des Schuljahres nach Hause kam, musste ich erschüttert feststellen, dass die Probleme, die ich zurückgelassen hatte, nicht nur noch existierten, sie hatten sich sogar noch verschlimmert.

Mein ältester Bruder, Jim, war völlig außer Kontrolle

geraten und nach Kalifornien in eine Rehabilitationsklinik geschickt worden. Mein jüngerer Bruder, Bill, war zur Armee gegangen und nahm nach wie vor starke Drogen. Später wurde er nach Vietnam geschickt.

Mein Vater hatte eine neue Freundin. Das Verhältnis meiner Eltern war feindseliger denn je, und sie standen kurz vor der Scheidung.

Alles war zusammengebrochen.

2

Eine Fahrt auf dem Ehekarussell

Nachdem meine Brüder aus dem Haus waren, war das Leben einsamer denn je. Meine Mama fand einen Sommerjob für mich in einem Friseursalon, wo ich zum Frisieren Modell saß. Das Geschäft lag auf dem berühmten Las Vegas Strip, und sie waren bekannt für schickes, zeitgemäßes Hairstyling. Ich trug einige hübsche und ungewöhnliche Frisuren in jenen Tagen!

Wenigstens hatte ich etwas zu tun und wurde zudem noch sehr gut bezahlt. Dreißig bis vierzig Dollar am Tag waren viel Geld für ein fünfzehnjähriges Mädchen!

Doch es dauerte nicht lange, bis meine alten Partyfreunde wieder Kontakt mit mir aufnahmen. Und weil alle meine Freunde Drogen nahmen, dauerte es auch nicht lange, bis ich mich wieder herumtrieb und Drogen suchte, genau wie früher.

Manchmal trafen wir uns nach der Arbeit und tranken Bier, bis wir voll waren. Ich ging nicht nach Hause, bevor der Morgen anbrach, wenn überhaupt.

Trotzdem spürte ich irgendwie, dass das Partyleben, das ich führte, nicht gut für mich war. Mein Aufenthalt in Wyoming hatte mir gezeigt, wie das Leben einer Familie aussehen kann. Ich beneidete meine Cousine um ihr schönes Heim, ihre Familie und die Geborgenheit, in der sie offenbar lebte, eine Geborgenheit, die ich nicht hatte.

Als ich in dem Haus meiner Cousine wohnte, rauchte ich nicht und nahm auch keine Drogen. Damals hatte ich nach einer Weile nicht einmal mehr Verlangen danach. Also nahm ich an, dass, wenn ich mit Leuten zusammen wäre, die keine Drogen nehmen, ich auch keine brauchen würde. Daraus folgerte ich: Wenn ich einen netten Ehemann finden würde, so einen, wie meine Cousine hatte, der für mich sorgen und mich lieben würde, dann könnte ich ein ganz normales Leben führen. Je mehr ich darüber nachdachte, desto mehr war ich davon überzeugt, dass ein Ehemann und ein eigenes Heim das waren, was ich brauchte, um glücklich zu sein. Ich fuhr fort, diesem Gedanken nachzuhängen, und bald wurde er zu einem äußerst verlockendem Ziel für mich. Ich brauchte einen Ehemann, also musste ich nur noch einen finden.

Eines Abends auf dem Nachhauseweg traf ich ein Mädchen, das einmal die Freundin meines Bruders gewesen war. Im Überschwang der Gefühle fragte sie mich nach der Familie, und was ich denn so mache. Ihre Augen leuchteten, als sie von ihrem Freund sprach. Sie erzählte, dass er sich oft in einer Billardhalle auf dem Las Vegas Boulevard aufhielt, wo einige wirklich nette Jungs anzutreffen waren.

„Warum kommst du nicht einfach mit mir dorthin?“, fragte sie mich. Ich hatte für den Abend keine besonderen Pläne, also willigte ich ein. Mein Dad hatte mir sogar sein Auto geliehen, einen leuchtendroten Mercury Comet. Wir fuhren also wie vornehme Damen.

Obwohl mein Bruder Jimmy mich davor gewarnt hatte, als Mädchen in eine Billardhalle zu gehen (er sagte, es wäre nicht anständig), ging ich mit hinein. Glücklicherweise kontrollierte niemand die Ausweise, denn ich war ja minderjährig.

Während meine Freundin hinüber zu einem Tisch ging, um mit ihrem Freund zu spielen, zog einer der anderen Billardspieler meine Aufmerksamkeit auf sich. Er ging sehr geschickt mit dem Billardstock um und schoss Kugel um Kugel in die Löcher. Gut gebaut und offensichtlich athletisch, erinnerte er mich an den Mann meiner Cousine, den Sportlehrer. Die meisten Jungen, die ich kannte, waren langhaarige, raue Kerle, und er war ganz anders als die anderen. Irgendjemand stellte ihn mir als

Vince vor. Er gefiel mit gleich, und als ich herausfand, dass er neunzehn Jahre alt war, wuchs mein Interesse nur noch! „So einen Mann würde ich gern heiraten!“, sagte ich zu mir selbst.

Von diesem Abend an kreuzte ich immer überall da auf, wo er vielleicht sein könnte. Mit verliebten Blicken während der Billardspiele begann unsere junge Liebe zu erwachen.

Wegen unseres Altersunterschiedes lud Vince mich niemals ein, mit ihm auszugehen, aber wir sahen uns immer wieder. Zu dieser Zeit war es für einen Jungen nicht „in“, mit einem deutlich jüngeren Mädchen auszugehen. Aber ich war sicher, dass dieser genau der war, wonach ich gesucht hatte, und so hielt ich mich so oft wie möglich in seiner Umgebung auf. Ich hoffte, er würde sich in mich verlieben und mich heiraten. Als er mich endlich zu sich nach Hause einlud, war ich elektrisiert vor Freude. Den Eltern eines Jungen vorgestellt zu werden, war ein sicheres Zeichen dafür, dass die Dinge sich wie gewünscht entwickelten.

Wir trafen uns weiterhin, entweder bei ihm oder bei mir. Einmal kam in dieser Zeit wieder die Polizei und durchsuchte unser Haus nach Drogen und anderen Dingen, weil sie gehört hatten, dass Jimmy aus dem Rehabilitationszentrum ausgebrochen war. Ich wusste, dass Vince mich wegen meiner häuslichen Verhältnisse bemitleidete.

Etwa drei Monate später fingen wir an, über Heirat zu sprechen. Mama war dagegen, weil sie meinte, ich sei zu jung. Ich drohte ihr damit, schwanger zu werden, wenn sie mich nicht lassen würde. Vinces Mutter stand der Sache auch nicht wohlwollend gegenüber. Sie hatte für ihn geplant, dass er auf die Universität gehen und Karriere machen sollte, ohne die Belastung, für eine Ehefrau und möglicherweise Kinder sorgen zu müssen. Aber meine Mama gab schließlich nach, und so heirateten wir kurz nach meinem sechzehnten Geburtstag.

Mein Ehemann war mittlerweile ein professioneller Billardspieler geworden, er spielte Billard und nahm auch an Autorennen teil, um sich so seinen Lebensunterhalt zu verdienen. Er war ein ausgezeichneter Spieler und nahm regelmäßig an großen Turnieren im Stadtgebiet von Las Vegas teil.

Außerdem war er zwar noch Alkoholiker, aber das hielt ich für völlig normal. Wenn du einen Mann heiratest, dann ist er Alkoholiker. Wenigstens nahm er keine Drogen, und für mich war er damit schon ein ordentlicher Mensch. Und deswegen nahm ich auch keine Drogen mehr.

Aber statt ein glückliches Familienleben zu haben, saß ich Abend für Abend in Bars herum und schaute Vince beim Billardspielen zu. Etwa ein Jahr nach unserer Hochzeit wurde ich zum ersten Mal schwanger. Ich ging immer noch jeden Abend in die Bars, aber nicht mehr nur, um ihm zuzuschauen. Ich ging, um sicher zu sein, dass kein anderes Mädchen sich ihm näherte. Weil ich extrem eifersüchtig war, hielt ich es für besser, immer in der Nähe zu sein und über meine Interessen zu wachen. Mein Dad hatte meine Mama ständig betrogen, und ich wusste, dasselbe konnte mir auch passieren, wenn ich nicht aufpasste.

Diese Eifersucht war nicht nur durch mein Zuhause geformt worden, sondern war zusätzlich auf den Einfluss der vielen Fernsehfilme, die ich gesehen hatte, zurückzuführen. Diese täglichen Dramen hatten meine Vorstellung von familiären Beziehungen sehr negativ geprägt. Betrügereien, Manipulationen und hinterhältige Intrigen hielten meinen Verstand und meine Vorstellungen gefangen. Ich schaute mir regelmäßig solche Fernsehfilme an, ja ich schwänzte sogar die Schule deswegen, und ein immer wiederkehrendes Element solcher Filme sind verbotene Affären und Seitensprünge. So saß ich in den Bars, voller Angst, dass mein Mann mir untreu werden könnte, und sorgte dafür, dass die anderen Mädchen ihm nicht zu nahe kamen. Das war aber nicht gerade das Leben, das ich mir erträumt hatte.

Aber nun, da das Baby unterwegs war, so malte ich

mir aus, würde sich sicher alles ändern. Wir würden Abende zu Hause verbringen und ein normales Familienleben führen, genau wie andere Ehepaare.

Die Schwangerschaft machte mich richtig glücklich, ich fühlte mich wunderbar. Aber ich wusste noch nicht, was genau bei einer Geburt geschieht, und da ich keinen Kontakt zu meinen früheren Freundinnen mehr hatte, bat ich meine Mama, mir zu erzählen, wie eine Geburt vor sich geht. Wahrscheinlich um mich nicht zu erschrecken, gab sie mir dann eine sehr einfache Erklärung von dem, was ich zu erwarten hätte.

„Es fühlt sich so ähnlich an wie eine Darmbewegung, wenn man Verstopfung hat", hatte sie gesagt, und weil ich nichts anderes wusste, glaubte ich ihr aufs Wort.

Durch diese mangelnde Aufklärung war ich überhaupt nicht auf den seelischen und körperlichen Stress der Geburtswehen vorbereitet. Als dann die Zeit der Entbindung kam, bekam ich einen Schock und verbrachte darum achtundvierzig Stunden in starken Wehen. Ich schrie und weinte. Vor lauter Angst total verkrampft, wehrte sich mein Körper gegen den normalen Geburtsvorgang.

Nachdem ich zwei Tage in großen Schmerzen zugebracht hatte und völlig erschöpft war, entschloss sich der Arzt zu einem Kaiserschnitt. Der Gedanke an eine Operation entsetzte mich, und ich wusste nicht, was ich tun sollte. Der Doktor ging, um die Narkose und die Operation vorzubereiten, und ließ mich ganz allein in dem schmucklosen, kalten Kreissaal. Als sich die Schwingtür hinter ihm schloss, ergriffen mich Angst und Verzweiflung mit der Gewalt eines plötzlichen Unwetters. Ich war diesen Gefühlen hilflos ausgeliefert. Was würde mit mir geschehen?

Plötzlich, ich wusste selbst nicht warum, brach meine Stimme die unnatürliche Stille, die im Raum herrschte. „Gott, hilf mir! Gott, hilf mir!", schrie ich. Die Worte waren fast unwillkürlich aus meinem Mund gekommen.

In diesem Moment fing ich an, fest zu pressen und das Baby durch den Geburtskanal zu zwingen. Der Doktor, der meinen Schrei gehört hatte, kam hereingerannt, um nach mir zu sehen.

„Hören Sie auf, so zu pressen!“, befahl er streng. „Sie werden das Baby töten!“

„Aber ich kann nicht anders“, gab ich zurück. Und ich konnte auch nicht! Es ging alles so schnell, ich hatte überhaupt keine Kontrolle mehr. Die angespannten Bauchmuskeln pressten immer weiter gegen das Kind in mir.

Eine rasche Untersuchung durch den Arzt zeigte, dass der Geburtskanal sich in ein paar Sekunden vollständig erweitert hatte. Und in kürzester Zeit war das Baby da. Ich hatte normal geboren! Es war ein schönes, gesundes kleines Mädchen, und wir nannten sie Mia!

Ich war stolz auf meine kleine Mia! Sie verkörperte viele Hoffnungen und Träume, und nun war sie da, gesund und normal. Trotz der Schwierigkeiten bei der Geburt war ich gehobener Stimmung. Vince und ich würden ein wunderbares Leben haben, indem wir die kleine Mia gemeinsam aufziehen. Er wird tagsüber eine Arbeit annehmen, damit er jeden Abend zu Hause ist und es genießen kann, bei seiner liebenden Frau und dem Baby zu sein. Picknicks, Ausflüge in den Park, sonntags ins Blaue fahren – es wird wundervoll werden.

Aber meine Sehnsüchte wurden nicht erfüllt. Sobald ich aus dem Krankenhaus entlassen war, begann Vince wieder, abends auszugehen, um in den Bars zu trinken und Billard zu spielen. Mia und ich saßen allein zu Hause.

Offensichtlich war ein Baby nicht genug Anlass für ihn, um häuslich zu werden, und so beschloss ich, zwei Kinder wären wohl das, was er brauchte. Es schien mir, als könnte mein Wunsch nach Glück und einem normalen Leben nur durchs Kinderkriegen erfüllt werden.

Und so wurde ich drei Monate nach Mias Geburt wieder schwanger. Ich hatte nicht allzu große Lust auf eine zweite Entbindung, aber dieses Mal wusste ich wenigstens, was ich zu erwarten hatte. Wie auch immer, es würde es wert sein. Neun Monate später hatten wir noch eine wunderschöne Tochter. Wir nannten sie Missy.

Ich liebte es, Mutter zu sein, meine beiden Babys waren meine Wonne. Ich nahm sie überallhin mit, jedes auf einer Hüfte balancierend. Mit Haaren zu Rattenschwänzen hochgekämmt, sah ich eher aus wie ein Babysitter, als wie eine Mutter von zweien! Es machte mir Spaß, zu sehen, wie schockiert besonders die älteren Kundinnen im Supermarkt waren, wenn sie nach den Babys fragten und erfuhren, dass es meine waren!

Vince andererseits war häufig fort und genoss unsere Rolle als Eltern nicht so wie ich. Er trank immer mehr, und Saufgelage gehörten bald zur Tagesordnung. Er liebte die Kinder, aber wegen seiner Unreife und seines mangelnden Verantwortungsbewusstseins war er nicht in der Lage, sich wirklich an ihnen zu freuen. Ich selbst war ja auch noch sehr jung – ein Kind, das versuchte zwei Babys alleine aufzuziehen – und wusste selbst noch nicht, was ich im Leben wollte oder brauchte.

Wir stritten uns ständig, kritisierten die Unzulänglichkeit des anderen und hielten uns unsere Fehler vor. Ich regte mich darüber auf, dass er nicht bereit war, tagsüber arbeiten zu gehen, damit er abends zu Hause bleiben konnte. Und er beschwerte sich über meine schlechte Haushaltsführung und die ungewaschenen Hemden. Manchmal war es so schlimm, dass er tagelang nicht nach Hause kam und mit seinen Freunden trank und Partys feierte.

Während ich zur Entbindung von Missy im Krankenhaus war, hatte ich mir eine Blaseninfektion zugezogen. Kaum war ich wieder zu Hause, da verschlimmerte sich die Infektion und mein Fieber kletterte auf fast 41°. Zu krank, um aufzustehen, warf ich Mia ihr Fläschchen hin, die in ihrem Bettchen neben mir lag. Missy behielt ich bei mir im Bett, damit sie an meiner Brust trinken konnte. Bereits geschwächt durch die Geburt, hatte die Infektion mich todkrank gemacht.

Meine Mutter wusste nichts von meinem Zustand, aber sie spürte eine starke Unruhe meinetwegen und kam vorbei, um nach mir zu sehen. Als sie mich so krank fand, brachte sie mich sofort ins Krankenhaus. Der Arzt wollte mich gleich zur stationären Behandlung dabehalten, aber ich lehnte ab, weil ich Missy noch stillte. Also gab er mir nur eine Spritze und schickte mich mit einem Rezept für Antibiotika nach Hause. Währendessen war mein Mann gerade zwei Tage lang weg, um zu trinken und zu feiern.

Meine Haushaltsführung war wirklich armselig. Meine Mutter hatte immer ein Dienstmädchen gehabt, und so hatte ich nicht viel Hausarbeit gelernt. Allein das Geschirr zu spülen war schon eine größere Aufgabe für mich. Und nun, mit zwei Babys, die versorgt werden mussten, war das Haus immer in Unordnung.

Meine Schwiegermutter, die von Anfang an gegen unsere Ehe gewesen war, trug ihre Kritik an meiner Haushaltsführung offen zur Schau. Sie führte die langen Zeiten, in denen Vince nicht nach Hause kam, auf den verwahrlosten Zustand des Hauses zurück. Bei ihren Besuchen war sie unbarmherzig scharf in ihrem Urteil über mich und den armseligen Zustand unseres Haushalts. Auch beschützte Vince mich niemals vor ihren schneidenden Bemerkungen.

Ich lernte dann eine Nachbarin kennen, und sie kam manchmal herüber und besuchte mich. Sie hatte auch ein paar Kinder, und so hatten wir einiges gemeinsam. Ihre Freundlichkeit und ihr Mitgefühl waren eine willkommene Abwechslung von den Beschimpfungen, an die ich gewöhnt war.

Sie war geschieden, und ich fing an sie zu beneiden. In ihrem Leben gab es Dinge, die ich nicht hatte: Freiheit, Aufmerksamkeiten von gutaussehenden Männern und ein aktives Partyleben. Sie sagte, ich wäre ein Dummkopf, mich noch mit meiner Schwiegermutter und meinem Mann abzugeben.

„Ohne sie würde es dir besser gehen“, sagte sie mir.

Und da ihr Leben sehr viel aufregender zu sein schien als meins, begann ich auf sie zu hören und ihren Ratschlägen zuzustimmen.

3

Vom Regen in die Traufe

Durch die Gespräche mit meiner Nachbarin war mein Interesse geweckt worden. Ich begann über die Vorteile eines Lebens als Single nachzudenken. Meine Nachbarin hatte offensichtlich das Richtige getan. Sie ging oft aus und hatte wirklich ein gutes Leben. Zumindest waren da keine nörgelnde Schwiegermutter und kein betrunkener Ehemann, mit denen sie zurechtkommen musste!

Missmutig dachte ich an all die Dinge, die ich versäumt hatte – das Ausgehen mit Freunden, die Partys, das Nachtleben, die Unabhängigkeit –, und fühlte mich betrogen. Meine Ehe mit Vince hatte mir nicht das Glück gebracht, das ich erwartet hatte. In drei Jahren Ehe hatte ich nicht viel mehr als das Innere einer Billardhalle gesehen.

Je mehr ich darüber nachdachte, ob ich mich scheiden lassen sollte, desto besser erschien mir die Idee. Ich malte mir aus, wie es sein würde, niemandem verantwortlich zu sein, mit gutaussehenden Männern auszugehen und in ihren großen, chromglänzenden Autos zu fahren, tanzen zu gehen und Partys zu feiern, so lange wie ich wollte. Meine attraktiven Verehrer würden mich mit teuren Geschenken überschütten und mir sagen, wie schön ich sei. Es war eine verlockende Vorstellung.

Schließlich kam ich zu dem Schluss, dass die Scheidung von Vince notwendig war, wenn ich das Leben überhaupt noch genießen wollte. Es hatte auch gute Zeiten in unserer Ehe gegeben, aber sie konnten die schlechten nicht aufwiegen. Es schien klar, das es schlimmer sein würde, die Ehe zu erhalten als sie zu beenden.

Vince nahm die Mitteilung, dass ich mich scheiden lassen wollte, ziemlich schlecht auf. Aber, obwohl er versuchte, mich umzustimmen, war ich entschlossen, die Dinge zu bekommen, die mich in meinem Leben als Single erwarteten. Der Gedanke an eine Trennung brachte ihn fast zur Verzweiflung, einmal schlug er sogar mit der bloßen Hand durch eine Fensterscheibe in dem Versuch sich umzubringen. Aber für mich gab es kein Zurück mehr. Ich wollte die Scheidung.

Scheidung war in Las Vegas so alltäglich wie Apfelkuchen. Schon zwischen den beiden Weltkriegen waren die Gesetze des Staates Nevada so geändert worden, dass es sehr einfach war, eine Scheidung durchzubringen. (Zur gleichen Zeit wurde das Glücksspiel legalisiert.) Seit damals kommen Leute aus dem ganzen Land, weil eine Scheidung in Nevada so schnell und leicht durchzuführen ist. Man konnte am selben Tag heiraten und sich wieder scheiden lassen – das war auch gesellschaftlich akzeptabel. So hatte ich keinerlei moralische Bedenken dagegen, meine dreieinhalb Jahre alte Ehe mit Vince zu beenden.

Meine Hauptsorge nach der Scheidung galt meiner wirtschaftlichen Situation. Die Scheidung, dazu die Suche nach einer neuen Wohnung für mich und die Kinder, das alles kostete Geld – Geld, das ich nicht hatte.

Der Vater meiner ehemals besten Freundin Josie aus unserer alten Nachbarschaft besaß ein Wettbüro auf dem Strip, einem glitzernden Dreimeilenabschnitt des Highway 91, auf dem die Namen von berühmten Hotels wie Desert Inn, Dunes, Riviera, Sahara und Stardust sowie das neuerbaute MGM Grand Hotel in großen Leuchtreklamen zu sehen sind.

Auf dem Strip herrschte eine karnevalsähnliche Atmosphäre, das Geld floss in Strömen, und ein freundlicher „Verleiher" war immer vorhanden für den Mann oder das Mädchen, das nur noch ein bisschen mehr Geld brauchte, um den großen Treffer zu landen.

Weil ich in Geldschwierigkeiten war, bat ich Josies Vater um einen Kredit. Er war bereit, mir $ 5000 zu leihen, wenn ich ihm als Gegenleistung dafür erlauben würde, einige Telefonleitungen in meine Wohnung legen zu lassen, damit seine Männer Wetten für Spiele, Pferderennen und andere riskante Glücksspiele, an denen er beteiligt war, annehmen konnten. Wenn ich das täte und ihm außerdem noch die eine oder andere „private Gefälligkeit" erweisen würde, dann brauchte ich den Kredit nicht zurückzuzahlen. Wetten anzunehmen war illegal in Nevada, aber ich brauchte das Geld dringend, und so willigte ich widerstrebend ein.

Die $ 5000 reichten für die Scheidungskosten, ein Auto und brachten uns eine neue Wohnung. Die Kinder bekamen neue Spielsachen und neue Kleidung, es war wirklich großartig, einmal so viel Geld zu haben! Aber die Begeisterung hielt nicht lange an, Sowie wir uns eingerichtet hatten, erwartete der Buchmacher, dass ich meinen Teil der Vereinbarung erfüllte.

Bei dem Gedanken daran fühlte ich ein starkes Unbehagen, ja ich kam mir regelrecht schmutzig vor. Und ich wollte auf keinen Fall, dass mehrmals pro Woche fremde Männer in meine Wohnung kamen. Besonders aus Angst, dass den Kindern etwas passieren könnte, stieg ich aus dem Geschäft aus. Der Kredithai war natürlich sehr unzufrieden über meine Entscheidung.

„Die $ 5000 werde ich so schnell wie möglich zurückzahlen", versicherte ich ihm, als er das Geld forderte.

Um die Mädchen zu ernähren und den Kredit langsam abzubezahlen, nahm ich einen Job in einem Bowlingzentrum an, wo ich Drinks servierte. Mit einem gefälschten Ausweis hatte ich mein Alter auf einundzwanzig raufgesetzt, das vom Gesetz geforderte Mindestalter in Nevada, um alkoholische Getränke zu servieren oder zu trinken. Es war eine gute Arbeit, und zusammen mit den Trinkgeldern brachte ich einen ganz annehmbaren Lohn nach Hause.

Als mein Ex-Mann herausfand, wo ich arbeitete, rief er meinen Boss an und erzählte ihm, dass ich erst neunzehn war. Und weil der keine Schwierigkeiten mit dem Ordnungsamt haben wollte, warf er mich raus.

Da Kellnerin der einzige gutbezahlte Job war, der

keine formelle Ausbildung erforderte, war es die Art Arbeit, die ich suchte. Außerdem war es etwas, worin ich gut war – ein hübsches Gesicht und eine gute Figur konnten nicht schaden! Aber jedes Mal, wenn ich an einem neuen Arbeitsplatz anfing, fand mein Ex-Mann es heraus und verriet mich, und ich verlor meinen Job. Es war nicht so, dass Vince sich rächen wollte, er wollte einfach, dass ich meine Abenteuer aufgeben und zu ihm zurückkehren sollte. Aber ich hatte schon Geschmack an der Freiheit gefunden, und ich dachte nicht daran, sie aufzugeben!

Ohne regelmäßiges Einkommen musste ich nun die Hilfe der Wohlfahrt in Anspruch nehmen, um Essen für mich und die Kinder auf den Tisch zu bekommen. Wir hatten große Mühe, über die Runden zu kommen. Der Buchmacher verfolgte mich weiterhin. Ich solle entweder ihm den Kredit zurückzahlen, oder aber als Prostituierte für ihn arbeiten, bis die Schuld abbezahlt wäre. Auf mir lastete ein schwerer Druck. Meine Mama war mit Harry, ihrem neuen Ehemann, nach Hawaii gezogen, und so hatte ich niemanden, an den ich mich wenden konnte.

Völlig mittellos zog ich zu meinem Vater und seiner Freundin, einer ehemaligen Prostituierten namens Mary. Ich hatte meinen Vater immer gehasst, weil er ein Trunkenbold war. Aber seit der Geburt meiner Mädchen hatten wir uns zum ersten Mal etwas zu sagen. Selbst wenn niemand sonst mich besuchte, Daddy kam, und wir saßen stundenlang zusammen und unterhielten uns. Wir waren gute Freunde geworden.

Im Haus meines Vaters konnte ich dem ständigen Drängen des Buchmachers entfliehen. Aber die Ruhe war nur von kurzer Dauer. Nach kurzer Zeit entdeckte er, wo ich geblieben war und nahm wieder Kontakt zu mir auf. Raffinierte Drohungen verliehen seinen drängenden Forderungen nach Bezahlung der Schuld Nachdruck.

Seine Methoden zielten auf mein schlechtes Gewissen, das ich hatte, weil ich mich nicht an die Vereinbarung gehalten hatte.

„Ich habe es dir als einem Freund geliehen“, erinnerte

er mich wieder und wieder. Die Schuld war für mich zu einem riesigen Problem geworden, und der Buchmacher wusste genau, wie man Angst bei Menschen weckt und sie dann unter Druck setzt. Aber ich hatte kein Geld und keine Arbeit! Was sollte ich tun?

Mein Seelenleben hatte angefangen zu leiden. Die unbezahlte Schuld türmte sich vor mir auf wie ein ständig wiederkehrender Alptraum. Der Stress war enorm. Dank der Bemühungen meines Ex-Mannes konnte ich keinen Job behalten und musste bei meinem Vater und seiner Freundin leben. War das alles, was das Leben für mich hatte? War das die Sackgasse auf meinem Weg?

In Wirklichkeit war das Leben bei meinem Vater gar nicht so schlecht. Seine Freundin Mary war ganz nett, und sie war gut zu mir. Ich glaube, ihr Leben war auch ganz schön rau verlaufen, und so hatte sie Verständnis für die Umstände, in denen ich steckte. Sie war auch nett zu den Kindern, und manchmal passte sie sogar für mich auf die Kinder auf.

Ich besuchte meinen Bruder Jimmy in der Drogenrehabilitationsklinik in Kalifornien. Nachdem ich wieder zurückgekehrt war, schien es mir, als ob so eine Veränderung des Lebensstils auch mir helfen würde. Die Klinik hatte Jimmy sicherlich gut getan. Sie waren darauf spezialisiert, den Menschen zu helfen, ihr Leben in Ordnung zu bringen, und meines konnte ein wenig Ordnung gebrauchen. So beschloss ich, die Kinder zu nehmen und für eine Weile nach Kalifornien zu ziehen, weit weg von Las Vegas. Es würde gut für uns alle sein.

Während ich meinen Umzug nach Kalifornien plante, entschied ich mich, Vince anzurufen, um ihn wissen zu lassen, wo ich hingehen würde. Obwohl ich froh war, dass wir nicht mehr verheiratet waren, war mein Leben allein doch nicht sehr zufriedenstellend gewesen. Ich hatte angefangen, über unser gemeinsames Leben nachzudenken, und wie glücklich wir hätten zusammen leben können, wenn wir nur einiges geändert hätten. Sicherlich würde er mit den Veränderungen einverstanden sein, und ich würde nicht nach Kalifornien zu gehen brauchen. Die Scheidung hatte uns beide hart getroffen.

Als ich bei ihm zu Hause anrief, freute ich mich darauf, seine Stimme zu hören. Stattdessen nahm seine Mutter den Anruf entgegen. Ihre Einstellung zu mir war seit der Scheidung noch bitterer geworden. Sie war immer rücksichtslos offen, wenn die Rede auf etwas kam, was mich verletzen könnte, und geradeheraus kam ihre Antwort.

„Er ist am See", sagte sie ungerührt. „Mit einem Mädchen."

Diese Nachricht war für mich eine vollkommene Überraschung, und ich vergaß mit einem Schlag meine Hoffnung auf ein neues Leben in Kalifornien. Schmerz und Eifersucht krallten sich in mein Herz wie in ein wildes Tier. Dieser Schmerz war unglaublich, und er ließ mich nicht mehr los. Wenn ich nur diesem Schmerz entfliehen konnte!

Ich erinnerte mich an das Fläschchen mit Schlaftabletten, das Mary in ihrer Handtasche hatte. Ich schmuggelte es unbemerkt aus ihrer Handtasche und zog mich ins Bad zurück. Mit der hohlen Hand schöpfte ich Wasser aus dem Hahn und schluckte eine Pille nach der anderen, bis das Fläschchen leer war. Ich starrte auf das Spiegelbild und verachtete die Person, die ich sah. Und ich hasste ihr Leben.

Mit einem gezwungenen Lächeln auf dem Gesicht, kam ich heiter aus dem Badezimmer, so als ob nichts passiert wäre.

Mary machte sich gerade fertig, um ein paar Besorgungen zu machen.

„Macht es dir etwas aus, heute Nachmittag für mich auf die Kinder aufzupassen?" fragte ich sie. „Ich habe etwas sehr Wichtiges zu erledigen."

„Aber natürlich nicht", antwortete sie in ihrer gewohnten Freundlichkeit. „Sie können heute Nachmittag mit mir einkaufen gehen."

Sie holte die Kinder, die in Erwartung eines vergnüglichen Nachmittags freudig strahlten, und ging hinaus zum

Auto. Ich beobachtete, wie sie auf die Straße hinausfuhr, und meine Augen folgten dem Wagen, bis er außer Sicht war. Dann schloss ich die Vorhänge und setzte mich auf das Sofa, um zu sterben.

Später im Geschäft öffnete Mary ihre Handtasche, um die Lebensmittel, die sie im Einkaufswagen hatte, zu bezahlen. Da merkte sie, dass das Fläschchen mit Schlaftabletten fehlte. Bei einem Blick auf die Babys in ihren Armen erinnerte sie sich an den aufgewühlten Blick in meinen Augen, und auf einmal wusste sie, warum ich sie gebeten hatte, die Kinder zu beaufsichtigen. Es war eine ungewöhnliche, beinahe übernatürliche Erkenntnis.

Sie ließ ihren Wagen mit Lebensmitteln in der Kassenschlange stehen, nahm die Kinder auf und raste nach Hause. Ihre Vermutung war richtig gewesen. Als sie hereinkam, fand sie mich auf dem Boden des Wohnzimmers, bereits bewusstlos von der massiven Überdosis.

Mary telefonierte sofort nach einem Krankenwagen, und ich wurde in das örtliche Krankenhaus zur Behandlung gebracht. Und die nächsten drei Wochen verbrachte ich dort in der psychiatrischen Abteilung, wurde sondiert, getestet, beraten und untersucht, aber nicht geheilt.

Meine Entlassung kam gerade rechtzeitig zu den Weihnachtsferien. Der Gedanke an bevorstehende Familientreffen und den Austausch von Geschenken unter Freunden weckte die Sehnsucht nach Gemeinschaft in mir. Und obwohl die Behandlung im Krankenhaus meine Depressionen nicht geheilt hatte, hoffte ich doch, wieder etwas Normalität in mein Leben bringen zu können. Vielleicht würde es mir helfen, noch einmal mit Vince Kontakt aufzunehmen, überlegte ich. Also rief ich ihn an.

Weil gerade Ferien waren, und es ihm leid tat, was mit mir geschehen war, fragte Vince mich, ob ich wieder bei ihm einziehen wollte. Möglicherweise, nach allem, was passiert war, würde es diesmal gut gehen. Vielleicht war es beim ersten Mal ein Fehler gewesen, ihn zu verlassen.

Als wir wieder zusammenzogen, war es, als wären wir einen Tag fortgewesen. Nichts hatte sich geändert, Vince trank immer noch sehr viel. Wir stritten uns dauernd. Dieselbe, unglückliche Situation, der ich entflohen war, war wieder da.

Ich gab mich geschlagen, und weil ich keine Lust hatte, wieder dieselben Probleme auf mich zu nehmen, zog ich nach Weihnachten wieder aus. Diesmal war es für immer.

Nervös und seelisch ausgelaugt, wohnte ich wieder mit Dad zusammen. Bald fand auch der Buchmacher heraus, wo ich wohnte, und tauchte immer wieder bei mir auf, um Druck auszuüben wegen des Geldes, das ich ihm schuldete. Seine ständige Belästigung wurde zunehmend bedrohlicher, und ich wusste, dass ich irgendwie an Geld herankommen musste. Aber wie?

Dad bot mir an, in seinem Lebensmittelgeschäft als Kassiererin zu arbeiten. Man verdiente dort nicht soviel wie als Kellnerin, aber wenigstens hielt es mich von dem Strip fern, wo ich mit Sicherheit ständig den Nachstellungen des Buchmachers ausgesetzt sein würde.

Der Druck, den der Kredithai auf mich ausübte, verfehlte seine Wirkung nicht. Von Tag zu Tag war ich ängstlicher darauf bedacht, ihn endlich aus meinem Leben herauszubekommen. Der Stress war größer geworden, als ich ertragen konnte. Ich brauchte dringend Geld! In meiner Verzweiflung arrangierte ich einen Einbruch in das Geschäft meines Vaters.

Eine befreundete Kellnerin und ihr Freund sollten zu dem Geschäft kommen, während ich arbeitete, und mich überfallen. Ich sollte das Geld herausgeben und warten, bis sie aus dem Parkplatz heraus waren, bevor ich den Alarm auslöste. Wir würden uns später treffen und das Geld teilen.

Wie geplant kamen sie herein, um den Laden auszurauben. Aber während sie noch die Ladenkasse ausräumten, fuhr ein Polizeiwagen über den Parkplatz. Weil ich aber wusste, dass die „Diebe“ Zeit brauchten, um zu entkommen, löste ich den Alarm erst verspätet aus. Die erbeutete Summe betrug $ 800.

Auf den Alarm hin kam die Polizei sofort, sie waren ja nicht weit von dem Geschäft entfernt. Aber trotz gründlicher Durchsuchung der Gegend wurde kein Räuber gefunden. Wegen der verdächtigen Umstände nahm die Polizei mich zum Verhör mit in die Stadt. Meine sich widersprechende Geschichte und meine Nervosität verrieten mich. Schließlich gab ich zu, dass der Überfall nur vorgetäuscht und ich der Anführer war. Dad wurde zur Polizeistation bestellt, um den „Räuber" zu besehen.

Als er mich ansah, sagte er: „Weißt du, das Einzige, was mich aufregt, ist: Ich dachte, ich hätte es dir besser beigebracht. Du nimmst das Geld aus der Ladenkasse, und dabei sind $ 10.000 im Safe!"

Dad verlangte keinen Schadenersatz und erwähnte den Vorfall auch nie wieder, aber ich wusste, das bisschen Vertrauen, das wir gehabt hatten, war zerbrochen.

Währenddessen verließen meine Komplizen mit meinem Anteil der Beute die Stadt, und ich sah sie nie wieder.

4

Werde ich jemals gewinnen?

Da unser Verhältnis durch die Sache mit dem Raubüberfall jetzt sehr gespannt war, zog ich mit den Kindern aus Dads Haus aus und mietete ein Appartement. Immer noch auf die Wohlfahrt angewiesen, und unfähig, so für die Kinder zu sorgen, wie ich es wollte, gab es für mich keine andere Möglichkeit, als wieder Arbeit zu suchen. Da Dad sich weigerte, mich wieder als Kassiererin in seinem Lebensmittelgeschäft einzustellen (wer kann ihm das verdenken), fing ich an, nach einem Job als Kellnerin zu suchen.

Das Frontier Hotel suchte gerade jemanden, und ich konnte sofort dort anfangen. Aber wie jedes Mal dauerte es nicht lange, bis mein Buchmacherfreund herausfand, wo ich steckte, und sofort wieder begann, mich wegen der unbezahlten Schuld unter Druck zu setzen. Um nicht länger das ständige Drängen ertragen zu müssen, kündigte ich beim Frontier und fing in einem anderen Hotel an. Eine Zeitlang gelang es ihm dann nicht, meinen Aufenthaltsort herauszufinden.

Diese Methode funktionierte gut, und so gebrauchte ich sie immer wieder. Ich wechselte von einem Hotel zum anderen und versuchte so, seinen drängenden Forderungen aus dem Weg zu gehen. So manch einer, der in diesem Jahr viele der Hotels besuchte, muss gedacht haben, dass es eine Menge ähnlich aussehender Kellnerinnen in der Stadt gibt!

Allmählich kam eine gewisse Routine in mein Leben. Ich lernte andere Menschen kennen und fing an, mit verschiedenen Männern auszugehen. Ich hatte sogar Verabredungen mit einigen Typen aus dem Showgeschäft, die sich in der Stadt aufhielten, um in einem der größeren Hotels aufzutreten. Ich erinnere mich an einmal, da gab ich einem berühmten Entertainer einen Korb, nur weil ich nichts Rechtes anzuziehen hatte!

Nach der Arbeit ging ich mit Freunden aus, um Partys zu feiern und zu trinken und auch um high zu werden. Ich schlief bis spät in den Morgen und spielte dann mit den Kindern, bis es Zeit war, mich zur abendlichen Arbeit auf den Weg zu machen. Das Leben war gar nicht so übel, ja, es schien sogar normal zu sein. Ich traf eine Menge Leute und hatte viele Freunde. Ich nahm Speed und schnupfte Kokain. So ließ sich das Leben ertragen!

Ein Typ, der als Oberkellner in einem Nachtclub arbeitete, lud mich eines Nachts ein, nach Dienstschluss mit ihm auszugehen. Das war um drei Uhr morgens. Wir gingen zunächst in seine Wohnung, damit er seinen Smoking gegen etwas zwanglosere Kleidung tauschen konnte. Während ich wartete, bis er sich umgezogen hatte, klopfte es an der Tür.

„Polizei – machen Sie auf!", verlangte eine energische Stimme.

Vor Angst erstarrt überlegte ich rasch, welche Möglichkeiten ich hatte. Polizei, das waren für mich immer die bösen Typen gewesen, die sich in der Nachbarschaft rumtrieben, Leute, denen man aus dem Weg gehen musste, wann immer es möglich war. Sie waren diejenigen, die unser Haus nach Drogen durchsucht hatten, als Jimmy da war, und die Mama und Dad völlig fertig gemacht hatten. Und sie trugen immer Pistolen an ihren breiten, schwarzen Gürteln.

„Wenn ich die Tür nicht aufmache", dachte ich, „schießen sie sie vielleicht auf!"

Also nestelte ich nervös an dem Schloss und öffnete langsam die Tür. Vier große, kräftige Männer kamen herein. Zwei von ihnen waren in Uniform, Handschellen baumelten an ihren Gürteln, und zwei trugen Zivil. „Hände hoch; an die Wand!", befahl einer mir und meinem Bekannten, der gerade aus dem Schlafzimmer gekommen war. Beinahe, als würde er sich hier auskennen, ging ein anderer direkt hinüber zum Sofatisch und nahm einen Beutel Kokain aus einer kleinen Schale. Offensichtlich hatte jemand ihnen einen Tipp gegeben.

Als die Polizisten fortfuhren, Anweisungen zu schreien, erinnerte ich mich auf einmal an die Drogen, die ich in meiner Handtasche hatte. Während ich versuchte, die Panik, die in mir aufstieg, zu verbergen, fasste ich nach meiner Handtasche und hielt sie fest. „Ich muss das Zeug wegschmeißen“, dachte ich. „Wenn sie mich durchsuchen, dann bin ich dran!“

Nachdem sie die Durchsuchung der Wohnung beendet hatten, trieben die Polizisten mich und meinen Freund nach draußen zu einem wartenden Streifenwagen. Die Anklage wurde uns vorgelesen: Besitz illegaler Betäubungsmittel. Ich brauchte nicht diese umständliche Sprache, um zu verstehen – ich wusste Bescheid. Ich war geschnappt wegen Drogen! Der Griff um meine Handtasche straffte sich, als sie befahlen, auf dem Rücksitz des Polizeiwagens Platz zu nehmen. Die Schwärze der Nacht bot mir ein wenig Schutz vor den prüfenden Augen der Polizisten. So, als wollte ich mir über das Gesicht wischen, beugte ich mich nach vorn und schluckte die drei Tabletten LSD, die in meiner Handtasche versteckt gewesen waren. LSD hat eine starke halluzinatorische Wirkung, und ich hoffte nur, dass ich meine Sinne noch lange genug beieinander haben würde, um den Rest von dem Zeug, das ich noch hatte, irgendwie wegzuwerfen und in die Gefängniszelle zu kommen, bevor mich das LSD umwarf.

Minuten später befand ich mich in einem großen, hellen Raum, umringt von Prostituierten und anderen Typen des Nachtlebens, die auch bei den abendlichen Razzien gefasst worden waren. Sie warteten darauf, durchsucht und fotografiert zu werden, um dann für diese Nacht Gäste der Polizei zu sein. Ich versuchte, so unauffällig wie möglich auszusehen in dieser verrufenen Gesellschaft.

„Ich muss den Rest von diesem Zeug loswerden, bevor sie mich durchsuchen“, dachte ich. Meine Gedanken rasten, während ich die Möglichkeiten durchdachte. Ich langte in meine Handtasche nach einer Zigarette und bat eine meiner Mitgefangenen um ein Streichholz. Sie reichte mir ein Briefchen Streichhölzer aus ihrer eigenen Handtasche. Während ich ein Streichholz abriss, steckte ich das Tütchen mit Pillen hinter den Streichholzumschlag, dann zündete ich unbefangen meine Zigarette an und warf das ganze Päckchen in einen Aschenbecher, der in der Nähe stand. Wie durch ein Wunder bemerkte niemand etwas.

Die Nacht im Gefängnis war ein furchtbares Erlebnis. Die schwarzen Nutten in der Zelle nahmen mir meine Decke weg, und so zitterte ich den Rest der Nacht in der Kälte. Das Verhältnis zwischen Schwarzen und Weißen war zu jener Zeit ziemlich gespannt, und ich dachte, es könnte gefährlich sein, Streit anzufangen. Die Wirkung des LSD traf mich hart, und ich verbrachte den Rest der Nacht im Rausch. Das Frühstück am nächsten Morgen bestand aus einem meiner meistgehassten Nahrungsmittel: Haferbrei!

Am nächsten Tag stellte Dad Kaution für mich und rief seinen Anwalt an, damit er mich beim Verhör vertreten sollte. Der Anwalt hatte meine Brüder schon mehrere Male herausgehauen, und so waren wir sicher, dass er auch mir helfen konnte. Beim Verhör wurde der ganze Fall niedergeschlagen.

Obwohl die Anklage gegen mich fallengelassen worden war, berichtete ein Polizist, der meinen Ex-Mann kannte, ihm über meine Inhaftierung. Vince war rasend vor Wut. Er drohte, mir die Kinder wegzunehmen, und warf mir vor, eine unfähige Mutter zu sein. Voller Gewissensbisse über den Zwischenfall, gab ich ihm insgeheim recht. Sicher, ich bin eine lausige Mutter, dachte ich, aber ich liebe meine Kinder, und niemand wird sie mir wegnehmen. In der Hoffnung, beweisen zu können, dass ich als Mutter untauglich war, mietete Vince einen Privatdetektiv, der mich beobachten sollte. Er sollte versuchen, belastendes Material zu beschaffen, das er in einem

Rechtsstreit um die Erziehungsgewalt über die Kinder gebrauchen könnte.

Mein Bruder Billy, seit kurzem von seinem Einsatz in Vietnam zurück, zog bei mir ein. Sein Drogenkonsum und die Erlebnisse in Vietnam hatten ihn so labil gemacht, dass ich sein Schlafzimmer nachts abschließen musste, um zu verhindern, dass er ziellos umherwanderte. Sein Schlaf war unruhig, da quälende Erinnerungen und grässliche Bilder und Geräusche, verursacht durch jahrelangen Drogenmissbrauch und Kriegserlebnisse, ungestüm durch sein aufgewühltes Gemüt rasten. Wenn er nachts aufschrie und weinte, stieg die Verzweiflung in mir hoch angesichts seiner hoffnungslosen Lage. Aber ich konnte ihm nicht helfen. Nach einer Weile zog er zu meinem Vater.

Ich sehnte mich verzweifelt nach Glück und nach so etwas wie einem normalen Leben. Aber es war für mich schwer, es zu finden, und noch schwerer, es zu behalten. Unruhe, Angst, Depression und Schuld waren unerwünschte Gäste in meinem Leben. Sie wollten scheinbar niemals gehen.

Ich war ständig auf der Jagd nach einer Lösung für meine Probleme. Es musste doch irgendwo da draußen eine Lösung geben! Bald hatte ich den Eindruck, als könnten meine Probleme gelöst werden, wenn ich ein zweites Mal heiraten würde. Ein glückliches Heim und ein netter Ehemann waren im Grunde alles, was ich mir wünschte. Ich wollte unbedingt wieder heiraten und begann nach einem Mann zu suchen, der die unerfüllten Sehnsüchte in meinem Leben erfüllen würde.

Mein Partyleben hatte mich in eine ganze Reihe von Nachtclubs in Las Vegas geführt. Ich hatte auch einige interessante Männer kennen gelernt, aber keiner von ihnen schien passend zu sein. Voller Vertrauen in meine Fähigkeit Männern zu gefallen, stellte ich hohe Ansprüche an meinen zukünftigen Ehemann.

Ein Musiker namens Rick, der im Lariat Club arbeitete, gefiel mir. Als ein bekannter, gutaussehender Sänger schien er meiner Vorstellung von einem idealen Ehemann zu entsprechen. Ich dachte, mit so einem Typ verheiratet zu sein, würde mir einen gewissen Status im Leben geben; ich würde jedem zeigen, dass ich es wirklich geschafft hatte! In Wirklichkeit hatte ich keine Ahnung davon, was ein „guter“ Ehemann ist, ich beurteilte nur die äußeren Qualitäten. Das war alles, wovon ich etwas verstand. Aber rein äußerlich entsprach dieser Typ meinen Anforderungen, und außerdem konnte ich durch eine Änderung meines Namens dem Buchmacher besser aus dem Weg gehen. Ich glaubte fest, dass er der richtige Mann für mich sei.

Während ich zu seiner Musik tanzte, verliebte ich mich. Wir tauschten verliebte Blicke und dann unsere Telefonnummern, und unsere Romanze begann. Es ging alles so leicht!

Eine kurze Zeit lang gingen wir zusammen aus. Dann sprachen wir darüber, ob wir zusammenziehen sollten. Aber ich hatte kein gutes Gefühl dabei. Moralisch, fühlte ich, war es nicht in Ordnung (ich dachte an den Rat meines Bruders). Und der Privatdetektiv verfolgte mich immer noch und wartete nur darauf, dass ich einen Fehltritt machen würde. Rick und ich waren beide schon einmal verheiratet gewesen. Aber wir dachten, wir wüssten jetzt schon, wie man alles richtig macht. So beschlossen wir zu heiraten.

Mein Job als Kellnerin brachte viel Geld ein, und ich hatte mein eigenes Auto und eine Wohnung. Rick aber war in finanziellen Schwierigkeiten, und er lebte zu der Zeit mit seiner Schwester in einer Wohnung im Elendsviertel. So schien unsere Ehe eine für beide Seiten praktische Lösung zu sein. Unser beider Bedürfnisse wurden befriedigt. Er bekam ein neues Zuhause, ich eine Ehe.

Bald wurde es offensichtlich, wie oberflächlich unsere Liebe zueinander war. Nach nur zwei Wochen war unser Eheglück vorbei. Streitereien traten an die Stelle von Liebeserklärungen. Rick fing an, Nächte mit anderen Frauen zu verbringen, dabei trank er sehr viel. Er hatte einen

Hang zum Alkohol und außerdem einige sehr ernste seelische Probleme. Unter dem Einfluss von Alkohol wurde er schnell gewalttätig.

Trotzdem war ich bald wieder schwanger. Aber meine Ankündigung, dass wir ein Kind haben würden, löste einen noch schlimmeren Streit zwischen uns aus. Es war sicherlich keine willkommene Neuigkeit für ihn, er ärgerte sich über die Last, für ein weiteres Kind sorgen zu müssen. Wenn er betrunken war, wurde er böse und ausfallend. Verbittert und hart verurteilte er meinen Zustand.

Der Kreislauf wiederholte sich. Wie kam es, dass ich mich nun in genau dem Lebensstil wiederfand, den ich hatte vermeiden wollen? Und wie schon einmal blieb ich schwanger zu Hause, während diesmal Rick ausging, Partys feierte und sich herumtrieb.

Als ich im sechsten Monat war, kam Rick, betrunken und aufgebracht, und trat mir in den Bauch, so dass ich vom Bett auf den Boden fiel. „Ich hasse schwangere Frauen!", schrie er. In den gesamten neun Monaten der Schwangerschaft zeigte er mir so gut wie keine körperliche Zärtlichkeit.

Trotz seiner Reaktion auf meine Schwangerschaft war ich überglücklich. Ein Kind zu bekommen ist eine wunderbare Sache. Es war das Einzige in meinem Leben, das sich wirklich lohnte. Babys waren phantastisch; ich liebte sie, und sie erwiderten die Liebe, die ich ihnen gab. Es war so angenehm, sie zu liebkosen und an sich zu drücken. Mutter zu sein ist etwas ganz Besonderes.

Mein Leben lang hatte ich mir zwei Mädchen und einen Jungen gewünscht, und so war ich außer mir vor Freude, von einem wunderschönen Jungen entbunden zu werden. Ich nannte ihn Beau.

Rick traf sich weiterhin mit anderen Frauen. So geschah das, wovor ich mich am meisten gefürchtet hatte: Ich hatte wieder einen untreuen Ehemann. Und die Frauen, mit denen er sich abgab, wollten, dass ich es wusste. Anonyme Anruferinnen warfen mir höhnisch vor, ich sei ein Dummkopf, und hängten dann lachend ein. Ihr

Spott verletzte mich zutiefst, ja zuweilen schien mir die seelische Belastung unerträglich.

Die grausame Behandlung beschränkte sich nicht auf den seelischen Bereich. Wenn mein Mann im Alkoholrausch umhertaumelte, schlug er manchmal brutal auf mich ein. Und weil ich mich wegen der Verletzungen schämte, versteckte ich mich dann oft tagelang im Haus, bis sie sich mit Make-up vertuschen ließen.

Aber selbst diese Art körperlicher Gewalt war noch erträglich verglichen mit einer anderen Art von Misshandlung, die ich erleiden musste. Durch seinen unmoralischen Lebensstil zog Rick sich eine Geschlechtskrankheit zu und infizierte schließlich auch mich. Obwohl er selbst die Krankheit behandeln ließ, erzählte er mir nichts davon, und so konnte sich die Infektion unerkannt in meinem Körper ausbreiten. Ich war häufig krank, aber ich hatte keine Ahnung, was die Ursache meines Krankseins war. Mein Arzt, ein gütiger, verständnisvoller Mann, sagte mir schließlich die Wahrheit. Aber zu dem Zeitpunkt hatte die Infektion meine Gebärmutter und die Eierstöcke schon so schwer geschädigt, dass er mir nur noch zu einer Totaloperation raten konnte.

Nicht lange nachdem Beau geboren war, fing ich wieder an zu arbeiten, um zu helfen, die dringendsten finanziellen Bedürfnisse der Familie zu befriedigen. Ich fand einen Job an der Wechselkasse im Gold Nugget Casino. Ich wollte nicht wieder als Kellnerin von Hotel zu Hotel wechseln müssen. Mein Wunsch war, von Drogen frei bleiben zu können, und das war nur möglich, wenn ich nicht in meiner gewohnten Umgebung war, die den Drogenkonsum förderte. Ich wollte einfach eine geregelte Arbeit, ohne Forderungen und ohne Erwartungen von anderen Leuten. Und ich wollte mich um mein kleines Baby kümmern.

Die Geschlechtskrankheit und eine Komplikation nach der Schwangerschaft hatten meinen Körper so sehr geschädigt, dass die Totaloperation, vor der ich mich so sehr fürchtete, nicht mehr länger aufgeschoben werden konnte. Bereits schwer krank, war ich für den Tag nach Weihnachten zur Operation ins Krankenhaus bestellt.

Die Entfernung der Gebärmutter hatte eine vernichtende Wirkung auf mein Gefühlsleben. Es war eine absolute Erniedrigung, denn damit hatte er mir die Fähigkeit genommen, das Einzige zu tun, worin ich jemals gut gewesen war – Kinder zu bekommen. Kinder, so dachte ich, waren der Anker, der eine Familie zusammenhielt. Und Kinder zu bekommen bedeutet, Frau zu sein, es bedeutet so vieles. Aber das alles war jetzt für mich vorbei.

Als ich im Krankenhaus lag, kam Rick mich ein- oder zweimal besuchen. Später musste ich erfahren, dass der Babysitter, der meine Kinder während meines Krankenhausaufenthaltes betreute, auch eine seiner Freundinnen war.

Nachdem ich mich von der Operation erholt hatte, ging ich wieder arbeiten. Diesmal übernahm ich einen Job als Kellnerin im Country Club. Dort herrschte eine sehr angenehme Atmosphäre, und das gab mir neue Zuversicht fürs Leben. Freundliche, sympathische Leute belebten meine Seele und stärkten mein Selbstbewusstsein.

Meine Kolleginnen waren sehr mitfühlend, was mein Familienleben anging. „Du kannst ein viel glücklicheres Leben haben ohne einen Typ wie diesen", sagte eine der Kolleginnen einmal zu mir. Der Stress in meiner Familie und der seelische Schmerz über die kürzlich vorgenommene Entfernung der Gebärmutter hatten mich niedergeschlagen und depressiv gemacht. Die Ratschläge meiner Kollegin richteten mich wieder etwas auf.

Die Auseinandersetzungen zwischen Rick und mir nahmen immer mehr zu. In hitzigen Wortgefechten fluchten und lästerten wir, während jeder dem anderen die Schuld für das Misslingen unseres Familienlebens zuschob. Eines Abends, als wir einen besonders heftigen Streit gehabt hatten, warf ich ihn aus der Wohnung. Anscheinend hatte er bereits die Absicht, mich zu verlassen, denn er folgte meiner Aufforderung gerne. Er zog zu einem Mädchen, mit dem er schon während der zweieinhalb Jahre unserer Ehe ein Verhältnis gehabt hatte.

Ich war wieder allein.

5

Ist denn dort draußen niemand, der mir helfen kann?

Wenn das Leben mit Rick auch miserabel gewesen war, so war das Leben ohne ihn ebenso miserabel. Selbst der Anschein einer Liebesbeziehung, meinte ich, war besser als überhaupt nichts. Verheiratet sein bedeutet doch, dass irgendjemand glaubt, du seist etwas wert.

Anstatt nun die Ehe als gescheitert anzusehen, überlegte ich, wie wir wieder zueinander finden könnten. Unsere Scheidung war noch nicht rechtskräftig, und so schien mir noch eine Chance für eine Versöhnung gegeben zu sein. Ganz sicher würde diesmal alles anders sein, und unsere Ehe würde funktionieren.

Meine Freundin und ich saßen im Jungle Club. Wir warteten darauf, dass Rick nach seinem Auftritt im Lariat Club hier aufkreuzen würde. In Gedanken malte ich mir unsere wundervolle, romantische Versöhnung aus. Gewöhnlich kam er hierher, nachdem sein Auftritt vorbei war, um zu trinken und mit Freunden zusammen zu sein. Und ich hatte mich für ihn bereit gemacht!

Ich hatte mein neues aufreizendes Kleid angezogen und war voller Erwartung. Ich stellte mir vor, wie er hereinkommen und zu mir hinüberblicken würde, als ob ich eine Art Traumfrau wäre. Er würde zu mir laufen, mich in die Arme nehmen, und dann würden wir wieder zusammen sein. Alles würde großartig werden, so wie ich es mir wünschte!

Stattdessen fielen meine Erwartungen wie ein Kartenhaus zusammen. Er kam herein, aber nicht allein. Er kam mit einer Frau, mit der er sich schon angefreundet hatte, als wir noch verheiratet waren und zusammenlebten. Und das Unglaublichste war, sie sah *genauso aus wie ich!*

Ich raste vor Wut, als ich über den Boden stapfte bis dahin, wo sie standen. Eifersucht brach aus mir hervor in bitterem, zornigem Geschrei. Wie konnte er mir das antun? Was bildete er sich nur ein? Voller Wut schüttete ich ihm meinen Drink ins Gesicht.

Meine Schreie und meine Tränen fanden ein jähes Ende, als er seine Faust ballte und mir ins Gesicht schlug, dort mitten im Nachtclub. Er schlug mich nieder, und da lag ich, auf dem Boden, und niemand versuchte mir zu helfen. Niemand wollte in einen „Familienstreit" hineingezogen werden.

Die Demütigung und der Schmerz über die völlige Ablehnung hatten mein zerbrechliches, stressgeplagtes Ego am Boden zerstört. Mein Leben lang hatte ich in allem versagt, und diese Beleidigung, so sagte ich mir, war das Letzte, was ich ertragen würde. Ich würde einfach dieses Leben für immer verlassen – ich würde in die Wüste fahren und *sterben!*

Ich hatte mich auf diesen Moment vorbereitet. Mein Vorrat an Drogen war eine ständige Erinnerung an den Selbstmord, der nur auf seinen Abruf wartete. Tatsächlich war der Gedanke an Selbstmord mir oft in den Sinn gekommen. Wenn immer die Dinge zu schlimm wurden, wollte ich einfach Schluss machen. Die Hölle ist auf der Erde, sagte ich mir, und der Tod ist eine Befreiung von den Schmerzen und Qualen des Lebens. Nur ein Kiefernsarg schien den Frieden, nach dem ich mich sehnte, zu ermöglichen.

Nachdem ich den Inhalt eines Fläschchens Schlaftabletten und ein paar Librium mit etwas Schnaps heruntergespült hatte, rauchte ich einen Joint aus Marihuana und plante den weiteren Verlauf der Dinge. Der abgelegene Tonopah Highway ist ein passender Ort für einen Unfall. Durch die Wirkung der Pillen würden sich meine Augen schließen und alles würde vorbei sein. Endlich würde ich Frieden haben.

Schläfrig saß ich am Steuer meines Wagens, als ich mich meinem Ziel näherte. Die Scheinwerfer der entgegenkommenden Autos begannen zu verschwimmen, als die Drogen in meinem Körper ihre Wirkung entfalteten. Der Wagen schwankte hin und her. Es dämmerte schon. Auch nicht die ersten Strahlen des neuen Tages konnten mir Erleichterung verschaffen von dem unstillbaren Schmerz, den ein Leben voller Leid und Enttäuschung verursacht hatte.

Plötzlich kam ein Bild in mir hoch, wie ein packender Film auf einer riesigen Leinwand. Es erschütterte mich im Innersten. Ich hatte einmal davon gehört, dass, wenn jemand im Sterben liegt, sein ganzes Leben sich noch einmal vor ihm abspielt. Aber es war nicht mein Leben, das ich sah, denn mein Leben bedeutete mir nichts mehr. Stattdessen sah ich das Leben der einzigen Menschen, die mir jemals wirklich etwas bedeutet hatten – das meiner Kinder. Als ihre kleinen Gesichter vor mir erschienen, da sah ich, wie sie ohne ihre Mutter durchs Leben gingen. Die zwei Mädchen kamen zu ihrem Vater, meinem ersten Mann, und mein Sohn kam zu seinem Vater. Sie wohnten bei lieblosen, ständig betrunkenen Männern, ohne Mutter, die sie pflegen und für sie sorgen würde.

„Was für ein Unglück für sie, so auseinandergerissen zu werden“, dachte ich. „Ich bin vielleicht nicht die beste Mutter der Welt, aber ich bin doch die Einzige, die sie haben!“

Die Liebe zu meinen Kindern und ein heftiges Gefühl der Verantwortung für ihr Wohlergehen entzündete in mir ein neues Verlangen zu leben. „Wenn ich nur das hier überleben könnte“, dachte ich. „Ich weiß, ich bin eine lausige Mutter, aber wenn ich noch eine Chance haben könnte, dann wäre ich wenigstens für sie da – zumindest bin ich ihre Mutter!“

Als ich merkte, dass ich anfing, die Kontrolle über das Auto zu verlieren, wusste ich, dass es bald vorbei sein würde. Meine Augenlider begannen sich zu schließen, als wären sie mit Bleigewichten beschwert, und meine Sinne schwanden, als die Bewusstlosigkeit sich wie eine Decke über mich legte. Meine Finger, die das Steuerrad fest gepackt gehalten hatten, lockerten ihren Griff. Noch mit dem letzten Fünkchen meines Wachbewusstseins sehnte ich mich danach, von meinem selbstgefällten Urteil begnadigt zu werden.

Den Kopf aus dem Autofenster gestreckt, schrie ich so laut ich konnte: „Ist denn dort draußen *niemand,* der mir *helfen k*ann?“ Dunkelheit hüllte mich ein, als meine Sinne von den Drogen ausgelöscht wurden.

Ich erwachte, umgeben vom Geruch der Desinfektionsmittel und dem raschelnden Geräusch der Dienstkleidung, während Schwestern und Krankenhausangestellte eifrig ihren Aufgaben nachgingen. Meine Augen wurden von hellem Licht geblendet, während sich mein Verstand noch aus seiner Betäubung herauskämpfte.

Ein paar Leute, so erfuhr ich, hatten mich ins Krankenhaus gebracht, nachdem mein Wagen in ihren Garten, der irgendwo neben der Landstraße lag, gefahren war. Wie er dort hingekommen war, wusste ich nicht.

„Lady, Sie dürften gar nicht mehr am Leben sein“, hatte sich der Doktor geäußert, „denn diese Pillen müssten Sie eigentlich sechsmal getötet haben. *Irgendjemand* ist auf Ihrer Seite.“

„Wer ist irgendjemand?“, fragte ich mich. „Wer ist *irgendjemand?“*

Obwohl die Intensivbehandlung meinen Körper aus dem tödlichen Griff der Drogen befreit hatte, war die Krankheit meines Gemüts und meiner Emotionen unbehandelt geblieben. Meine Depression vertiefte sich noch. Ich hatte nicht nur als Ehefrau, als Mutter und bei allem anderen, das ich jemals zu tun versucht hatte, versagt. Jetzt hatte ich auch noch bei meinem Selbstmord versagt. Ich konnte überhaupt nichts richtig machen, noch nicht einmal mich umbringen!

Aus dem Krankenhaus entlassen, ging ich mit derselben Depression nach Hause, die ich schon auf der Landstraße vor ein paar Tagen gehabt hatte. Ich weinte herzzerreißend über den Schmerz in meiner Seele, der mich endlos peinigte. Tiefes, gequältes Schluchzen drang aus meinem Inneren.

„Wenn mir nur jemand *helfen* könnte!“, weinte ich, während ich in dem leeren Haus hin und her ging. „Wenn mir nur jemand ***helfen*** könnte! Ich brauche ***Hilfe!*** Ich muss jemand haben, der mir hilft!“ Ich ging auf und ab und weinte und wiederholte dabei meine Bitten, die scheinbar an niemanden gerichtet waren.

Meine Nachbarin, eine junge Mutter wie ich selbst, war zu Hause. So kletterte ich über die niedrige Backsteinmauer, die unsere Gärten voneinander trennte. Vielleicht könnte sie mir einen Rat geben, wie ich Erleichterung von diesem Schmerz finden konnte, der mich zu erdrücken drohte.

„Du musst mir helfen, du musst mir irgendetwas sagen“, drang ich in sie. „Ich werde verrückt; ich möchte sterben; ich bringe nichts zustande; ich brauche Hilfe!“

Sie sagte: „Sandy, alles, was ich dir sagen kann, ist, rauch dir einen Joint und nimm noch ein paar Pillen. Das ist das, was ich auch tun muss, um weiterzuleben. Und das ist alles, was ich dir sagen kann. Mein Mann ist auch nicht besser als deiner. Du musst einfach weitermachen.“

In diesem Moment klopfte es an der Tür, und eine Frau kam herein, um sich eine Tasse Zucker zu leihen. Während meine Nachbarin die Tasse füllte, kam die Frau zu mir herüber. Befangen wegen meiner kränklichen Erscheinung, senkte ich die Augen, um ihrem Blick auszuweichen.

„Meine Liebe“, sagte sie. „Ich weiß nicht, was Ihr Problem ist, aber Jesus Christus kann Ihnen helfen!“

Das war das erste Mal, dass ich den Namen Jesus Christus hörte, wie er von den Lippen eines geisterfüllten Christen kam. Es war, als hätte jemand einen Pfeil in mein Herz geschossen, und er explodierte! Ich wusste nicht, dass Jesus wirklich existierte. Aber irgendwie verursachten die Worte, die sie gesprochen hatte, dass etwas in mir geschah.

Nachdem die Frau mit ihrem Zucker gegangen war,

ging ich nach Hause. In dem Augenblick, als ich durch die Tür ging, fing ich an zu weinen. „Bitte, hilf mir, jemand!", bettelte ich, „Bitte, jemand muss mir helfen!"

Weinend begann ich die Treppe hochzugehen, da hörte ich eine Stimme. Sie sagte: „Jeder, der den Namen des Herrn anruft, um gerettet zu werden, wird gerettet werden."

Ich wusste damals nicht einmal, was der Name des Herrn war! Aber die Stimme war so echt und so laut! Ich ging zurück, die Treppe hinunter, um mich umzusehen und zu schauen, ob das Radio nicht an war. Ich fand aber nichts Ungewöhnliches und ging wieder nach oben.

In dem Moment, als ich das Schlafzimmer betrat, sprach die Stimme noch einmal. Sie sagte: „Jeder, der den Namen des Herrn anruft, um gerettet zu werden, wird gerettet werden."

„Wer ist dieser Herr?", fragte ich mich. Der Name Jesus Christus wurde zwar in unserer Familie andauernd gebraucht, aber wir gebrauchten ihn als ein Fluchwort. In der Tat, ich nannte jeden Tag diesen Namen. Aber nie hatten wir ihn für Gott gehalten oder für jemanden, der wirklich lebt!

Ich fiel auf meine Knie, zum ersten Mal in meinem Leben, und sagte: „Hör mal, wenn es dich gibt, Gott, dann rette mich in dem Namen, von dem die Dame mir erzählt hat, diesem Jesus-Namen. Rette mich."

Am Fuße meines Bettes fiel ich in einen tiefen Schlaf, ich schlief mehr als acht Stunden. Als ich aufwachte, tat mein Herz nicht mehr weh – ich wollte nicht mehr sterben. Ich wusste nichts über Gott oder Jesus, und ich vergaß sogar, dass ich Ihn angerufen hatte. Alles, was ich wusste, war, dass meine Schmerzen fort waren. Ich wäre nicht darauf gekommen, dass Er etwas für mich getan hatte.

Aber Er hatte etwas getan.

* * *

Von mir zu dir – gerade jetzt …

Bevor wir weitergehen, möchte ich dir die Gelegenheit geben, dass dieses Buch seine volle Wirkung in deinem Leben haben kann. Gerade jetzt mach doch mit mir eine Pause, denn dies ist eine Botschaft an dich persönlich. Bete das jetzt folgende Gebet, damit Jesus Christus auch in *deinem* Leben etwas tun kann, und dann wird dieses Buch dir noch viel mehr zu sagen haben. Sprich dieses einfache Gebet, und ich verspreche dir, dass Gott dir Seine Liebe offenbaren wird. Bete es *jetzt!*

Jesus, bitte vergib mir meine Sünden. Ich bitte dich, mein Herz in Besitz zu nehmen und mein Herr und mein Retter zu sein. Offenbare mir deine Liebe, denn ich bekenne, dass du jetzt der Herr meines Lebens bist und der Retter meiner Seele. Im Namen Jesus. Amen.

Er hat schon begonnen, in deinem Leben zu wirken! Nun weiter zum zweiten Teil meines Berichtes.

TEIL ZWEI

„Wer aber von dem Wasser trinken wird, das ich ihm geben werde, den wird nicht dürsten in Ewigkeit, sondern das Wasser, das ich ihm geben werde, wird in ihm eine Quelle aus Wasser werden, das ins ewige Leben quillt" (Johannes 4,14).

6

Ist das alles?

An diesem Abend bekam ich einen Anruf vom MGM Grand Hotel. Sie fragten, ob ich bei ihnen arbeiten wolle. Das MGM war ein neues und vornehmes Hotel, und ich war begeistert, ein Angebot von einem Arbeitgeber wie diesem zu bekommen. Und sie wollten, dass ich sofort anfange!

„Natürlich“, sagte ich, bemüht, meine Begeisterung zu verbergen. „Ich will gerne bei Ihnen arbeiten.“

Man kann das MGM Grand Hotel als eine alles umfassende Freizeit- und Vergnügungsstätte beschreiben, eine Stadt in sich selbst. Seine zwei Nachtclubs, ein riesiges Spielcasino und ein Filmtheater waren überwältigend. Die Touristen, die in der Umgebung waren, machten einen Abstecher, nur um das MGM Grand zu sehen. Das Hotel hat 2900 Gästezimmer, und es bietet sämtliche Vergnügungen, die man sich vorstellen kann, nur um seine Gäste zu unterhalten und zufrieden zu stellen.

Ein Job bei dem MGM Grand ist „das Beste vom Besten“, ein beneidenswerter Job für jede Kellnerin. Man arbeitet mit einigen der schönsten Mädchen aus Las Vegas und der Elite des Nachtclublebens zusammen, und dieser Job war für mich eine goldene Gelegenheit.

Und auch die Bezahlung war außergewöhnlich gut. In einer Nacht verdiente ich leicht 150 Dollar. Die leichtfertigen Touristen und Konferenzbesucher genossen es, als Trinkgeld einen großen Schein zu zücken. Und ich genoss es, ihn zu bekommen!

Aber so schnell wie ich das Geld verdiente, so schnell gab ich es aus. Die Kollegen der Nachtschicht, mit denen ich im MGM Grand zusammen war, steigerten meine Vorliebe für den schnellen Lebensstil noch. Drogen, Alkohol und Partys waren die kostspieligen Attraktionen des Lebens, das ich jetzt führte. Mein Drogenkonsum allein kostete schon soviel, wie ich durch meine Arbeit verdiente.

Meine Drogenquelle im Hotel war ein Oberkellner, der sein Zeug von einem Kredithai bezog, und zwar demselben, dem ich die 5000 Dollar schuldete. So kam es, dass er bald meinen neuen Namen wusste (der hatte ihn ja für eine Weile von meiner Spur abgebracht) und auch sonst alles über mich. Die Zinsen des Kredits waren zu einer gewaltigen Summe angewachsen, und er war immer noch darauf bedacht, die ganze Summe einzukassieren. Jeden Abend kam er ins Hotel und ging mir auf die Nerven. Er drohte mir, meine Drogenversorgung abzuschneiden, wenn ich nicht für ihn arbeiten würde.

Sein Plan war, dass ich als Prostituierte für ihn arbeiten sollte, was ich entschieden ablehnte. Schließlich war er aber auch einverstanden, dass ich für ihn „nur" Drogen verkaufen sollte.

So konnte ich dadurch, dass ich in den Würfelecken und in den Spielhallen Kokain verkaufte, wenigstens anfangen, die Zinsen für meine riesige Schuld zurückzuzahlen. Außerdem liefen einige betrügerische Glücksspielmanipulationen im Hotel, und er beteiligte mich an diesen. Manipulationen wie diese bescherten dem Hotel hohe finanzielle Verluste.

Trotz allem war mein soziales Leben wieder im Aufschwung. Mein neuer Freund, Mike Carella, dem das Geld locker in der Tasche saß, war der Boss einer Unterweltorganisation, die ihr Operationsgebiet in Las Vegas hatte. Als ein angesehener, erfolgreicher Spieler war Mike bei allen bekannt und respektiert. Und ich genoss den Status, sein „Mädchen" zu sein.

Mike war verheiratet, aber das störte mich nicht. Überhaupt, wenn alle anderen mit verheirateten Männern ausgingen, warum nicht auch ich? Er war nett zu den Kindern, und sogar sehr nett zu mir, und so stellte unser Verhältnis an niemanden große Anforderungen.

Es brachte mir noch andere, zusätzliche Vorteile. Mike war großzügig mit Geschenken, und ich war nur zu gern bereit, sie zu nehmen. Einen Nerzmantel zu besitzen, in den man sich in kalten Nächten kuscheln konnte, kostbarer Schmuck, ein Auto, das bezahlt war, und sogar extra Geld, wenn ich es brauchte, das war der Luxus, auf den ich plötzlich einen Anspruch zu haben glaubte. Es war ein langer Weg bis hierhin gewesen, so erschien es mir, aber nun hatte ich es endlich *geschafft!* Das war endlich das, was mir wirklich zustand!

Materiell gesehen hatte ich nun wirklich alles, was ich jemals erreichen wollte. Ich hatte Geld in Hülle und Fülle, keine unbezahlten Rechnungen, und sogar ein Dienstmädchen, das bei uns wohnte, und so konnte ich mich sicher fühlen. Der Nerzmantel, den Mike mir geschenkt hatte, war ein richtiges Statussymbol. Manchmal hüllte ich mich in ihn ein und kroch ins Bett und legte meinen Kopf auf die großen, weichen Kissen. „Ich habe einen Nerzmantel“, sagte ich dann zu mir selbst, „ich bin wirklich etwas wert!“

Trotz meines neuen, wohlhabenden Lebensstils blieb etwas in mir unerfüllt. Meine Stimmungen schwankten zwischen großem Selbstvertrauen und Selbstverachtung. Meine Gefühle fanden keine Beständigkeit. Immer noch ging ich häufig nachts ins Bett mit dem Gedanken, ich sei wertlos und zu nichts zu gebrauchen.

Meine Kinder waren für mich eine weitere Quelle der Schuldgefühle. Ich hielt mich für schlecht, weil ich arbeiten gehen musste und sie mit dem Mädchen zu Hause ließ. Sie brauchten eine Mutter, die die ganze Zeit für sie da war.

Weil das schlechte Gewissen wegen der Kinder mich plagte, kam es vor, dass ich den Mädchen ein teures Spielzeug oder ein 100 Dollar Puppenhaus kaufte und sie die Sachen einfach in Stücke reißen ließ. Irgendwie half mir das, die heftigen Schuldgefühle zu erleichtern, die ich ihnen gegenüber empfand.

Nach einer Weile beunruhigte mich der Gedanke an

den Drogenhandel und die „Geschäfte“, in die ich durch meine Beziehung zu Mike verwickelt worden war. Das war das große Spiel, und die Einsätze waren hoch. Berichte von Mädchen, die „verbraucht“ worden waren und deren Leichen man in der Wüste Nevada gefunden hatte, machten mir zunehmend klarer, in welch einer schnelllebigen Gesellschaft ich mich befand. Mike und seine Jungs nahmen selbst die Straßenräuber aus, und das, so wusste ich, war ein gefährliches Geschäft. Wir hatten bereits einige Zusammenstöße mit der Polizei gehabt, und ich war nicht bereit, noch mehr Risiken auf mich zu nehmen, deren Folge eine Gefängnisstrafe sein könnte – oder noch Schlimmeres!

Mehr und mehr fing ich an, mir Gedanken zu machen über die Dinge, in die ich mit hineingezogen worden war. Ich wollte das schnelle Leben nicht mehr. Ich wollte keine Drogen mehr verschieben und auch nicht mehr bei den Spielmanipulationen mitmachen. Und um ehrlich zu sein, ich mochte nicht einmal mehr meinen Job, der mir jetzt gar nicht mehr gefiel. Eine Arbeit wie diese war immer mein Lebensziel gewesen. Mein Dad hatte mir immer gesagt, das Beste, was ich im Leben tun könnte, wäre, eine gute Figur zu haben und in einem Hotel zu arbeiten. Und mehr hatte ich mir auch nie erhofft.

Besonders ärgerten mich die Männer, die ich im Casino bedienen musste. Wenn die Männer anfingen uns zu begrapschen, war es die Aufgabe der Serviererinnen, darauf zu achten, dass sie zufrieden blieben. Immer schön lächeln, und dann ein großes Trinkgeld kassieren. Nun, ich ärgerte mich trotzdem darüber, wenn einer anzüglich wurde. Und wenn er dann noch frech wurde, dann kriegte er eine ins Gesicht geklatscht, und das war nicht klug gehandelt von einem Mädchen, das einen gutbezahlten Job behalten wollte.

Ohne eigentlich zu wissen warum, wünschte ich mir, in den Hallelujah Hollywood Showroom versetzt zu werden, in dem eine etwas andere Atmosphäre herrschte als in der Spielhalle. Der Personalchef des Showroom sagte, es wäre sehr unwahrscheinlich, dass ich dort hineinkommen würde, aber überraschenderweise gelang es mir doch.

Irgendwie begann sich jetzt etwas in mir zu verändern. Ich hatte keine Lust mehr, nach der Arbeit auszugehen und Partys zu feiern, wie ich es eigentlich gewohnt war. Ich fing an, über andere Dinge nachzudenken, und plante das Haus zu renovieren. Wo ich früher grob zu den Leuten gewesen war, fing ich an, höflich zu sein. Irgendwas geschah in meinem Herzen.

Eines Nachts, kurz bevor die Schicht vorbei war, kam meine Freundin herüber und sagte, dass alle nach der Arbeit zu Dirty Sally's gehen würden. „Danke, ich aber nicht", gab ich auf ihr Angebot zurück. „Ich möchte nach Hause gehen."

„Was meinst du damit, du möchtest nach Hause gehen?", fragte sie, überrascht von meiner Ablehnung.

„Ich weiß es nicht", schüttelte ich den Knopf. „Ich weiß es wirklich nicht."

Während ich an diesem Abend auf dem Tonopah Highway nach Hause fuhr, derselben Straße, auf der ich vor zehn Monaten versucht hatte, mich umzubringen, machte ich mir Gedanken über den bisherigen Verlauf meines Lebens. Da waren so viele Fragen, auf die es keine Antworten zu geben schien, und so viele Probleme ohne Lösung.

Während ich darüber nachdachte, ertönte plötzlich Peggy Lees Hit „Is That All There Is?" (Ist das alles, was es gibt?) aus dem Autoradio. Ich drehte die Lautstärke auf und lauschte ihren düsteren Worten. Is that all there is, my friends? Let's keep dancing. Bring out the booze and have a ball." (Ist das alles, was es gibt, meine Freunde? Lasst uns weiter tanzen. Bringt den Schnaps heraus und lasst uns feiern.)

Die Botschaft dieses Liedes war bis dahin meine Lebensphilosophie gewesen. Sich einfach vollaufen lassen und eine Party feiern. Aber ist das alles, was es gibt? Genieße das Leben, solange du kannst, denn eines Tages wirst du alt sein und im Altersheim landen. Gibt es sonst nichts auf dieser Welt?

Die hoffnungslosen Worte ihres Liedes ließen mich leer und traurig. Meine Augen füllten sich mit Tränen, als die Musik ausklang, und ich fing scheinbar ohne jeden Grund an, herzzerbrechend zu weinen.

„Hey, Gott", sagte ich und schaute auf zu den Sternen. „Wenn du wirklich da draußen bist, dann musst du etwas für mich tun, denn ich bin dabei, zum letzten Mal unterzugehen. Das Geld hat nichts gebracht, die Nerze haben nichts gebracht, die Männer haben nichts gebracht, die Sicherheit hat nichts gebracht, weder Glanz noch Luxus – nichts. Nichts funktioniert! Das war's, ich schaff's nicht! Wenn du da draußen bist, dann hilf mir!"

Ich warf meine halbgerauchte Zigarette aus dem Autofenster und fuhr nach Hause, nahm ein paar Schlaftabletten wie gewöhnlich, um die Wirkung des Aufputschmittels aufzuheben, und ging schlafen.

Der nächste Morgen begann wie ein ganz normaler Tag. Nachdem ich mit den Kindern gespielt hatte, zog ich meinen maßgeschneiderten Häschen-Anzug an, der als Kellnerinnenuniform diente, und fuhr zur Arbeit. Bei mir hatte ich immer mein Täschchen mit Pillen. Die Arbeit einer Kellnerin erforderte eine Menge Konzentration und eine Menge Energie. Ich war wirklich stark, ich konnte vierzig Drinks auf einmal auf meinem Tablett tragen. Aber das schaffte ich nicht ohne meine Aufputschmittel. Drogen waren meine ständigen Begleiter, und sie erlaubten mir, den harten Anforderungen meines Jobs gerecht zu werden.

Der Hallelujah Hollywood Showroom ist einer der beiden großen und prunkvollen Showräume des MGM Grand Hotels, und mehrere hundert Leuten finden darin Platz. Die Baukosten allein für diesen Showraum lagen bei etwa zwanzig Millionen Dollar. Die Menschen kommen aus dem ganzen Land hierher, um in der eindrucksvollen Atmosphäre dieses Showraums zu essen und zu trinken und dabei schöne Tänzerinnen zu bewundern, die, mit kaum mehr als einigen Federn bekleidet, choreographisch perfekte Tänze darboten.

Wie üblich, kamen die Kellnerinnen frühzeitig, um alles vorzubereiten für den Ansturm der Gäste, die bald eintreffen würden, um die beiden Vorführungen des Abends zu sehen. Mit einer Zigarette im Mund stand ich in einem Seitenraum und faltete die teuren Leinenservietten, die für die Tische gebraucht wurden, als ich bemerkte, wie eine meiner Freundinnen, eine Kellnerin, zu mir herüberkam. Ihr Leben war genauso verpfuscht wie meines. Mehrere Male war sie bei den Anonymen Alkoholikern gewesen und hatte sie ungeheilt wieder verlassen, und sie hatte große Mühe, ihr Leben in Ordnung zu halten. Allerdings hatte sie nicht immer solche Schwierigkeiten im Leben gehabt. Als sie jünger war, waren die Umstände anders gewesen. Ihre Familie gehörte einer Pfingstgemeinde an, und als Kind war sie zur Kirche und zur Sonntagsschule gegangen. Sie hatte Gott einmal gekannt.

Sie kam herüber und stellte sich unmittelbar vor mich. „Sandy, darf ich dir eine persönliche Frage stellen?“, fragte sie. Der Ausdruck auf ihrem Gesicht ließ erkennen, dass es sich um etwas Ernstes handeln musste. „Vielleicht hat sie wieder ein persönliches Problem“, dachte ich.

„Sicher“, antwortete ich, denn meine Neugier war geweckt. „Frag schon.“

Während sie mich immer noch direkt anschaute, sagte sie einige ungewöhnliche Worte. „Sandy“, fragte sie langsam und nachdenklich, „hat Jesus Christus jemals etwas für dich getan?“

Verblüfft durch ihre Worte, fiel mir ein, wie ich erst in der Nacht zuvor Gott angerufen hatte. Dann, als die Realität Gottes mich wie ein Blitz traf, fing ich an zu weinen. Die Kraft Gottes fiel mit solcher Macht auf mich, dass mein ganzer Körper bebte, und ich weinte hemmungslos. Ein Ozean von Tränen floss aus mir heraus. Ich wusste einmal nicht, warum ich weinte, aber ich wusste dies: Das war das zweite Mal, dass ich den Namen von Jesus Christus aus dem Mund von jemandem gehört hatte, der Ihn kannte, und es veränderte die Atmosphäre um mich herum! Es elektrisierte den Raum, und ich wusste, dass

Jesus Christus existierte! Ich wusste, dass Er wirklich real ist.

In der Annahme, dass sie etwas Verletzendes gesagt haben musste, stahl sich meine rückfällig gewordene Freundin, die meine Reaktion auf ihre merkwürdige Frage nicht verstand, leise davon. Aber ich merkte kaum etwas davon. Nur eines war mir in diesem Augenblick bewusst: JESUS CHRISTUS IST REAL!

Während ich durch den kathedralenähnlichen Innenausbau des Hallelujah Hollywood Showrooms ging, schaute ich hoch zu dem kunstvollen Deckenschmuck.

„Gott", schluchzte ich, „Gott, du bist real! Du bist real!" Tränen flossen wie Ströme von meinem Gesicht auf mein teures Häschenkostüm, während ich weiter zur Decke starrte in der ehrfurchterregenden Gegenwart des lebendigen Gottes. „Du bist die ganze Zeit da gewesen, und du bist real", sagte ich voller Staunen. „Du *hast* mich wirklich gerettet!"

Während ich dort stand und über den weiten Showraum blickte, war mir, als tauchte ein Fernseher von irgendwo vor mir auf und eine Szene erschien auf seiner Bildfläche. Ich sah mich selbst auf dem Bildschirm, vor zehn Monaten, wie ich am Fuß meines Bettes kniete und sagte: „Gott, wenn es dich gibt, dann rette mich." Während ich staunend die unglaubliche Szene vor mir betrachtete, begann die Bedeutung dieses Ereignisses tief in meinen Geist zu sinken. ICH WAR GERETTET!

„Gott, das bin ja ich!", rief ich aufgeregt.

Und die Stimme Gottes klang kraftvoll und deutlich in mein Ohr. „Das stimmt", sagte Er. „Ich habe dich errettet. Aber was hast du bisher für mich getan?"

„Gott", antwortete ich, „ich habe noch nie etwas für dich getan, aber ich werde etwas tun!"

Den Rest der Nacht, während ich im Hallelujah Hollywood Showroom die Gäste bediente, schienen meine Füße kaum den Boden zu berühren. Ich hielt jeden an, den ich konnte – Kellnerinnen, Hilfskellner, Gäste –, und fragte sie, ob sie irgendetwas über Jesus Christus wussten. Einer erzählte mir, dass Jesus zu Weihnachten geboren worden sei.

„Sie machen Witze!“, sagte ich schockiert. Bei keinem der Weihnachtsfeste, die ich erlebt hatte, hatte ich je an die Geburt Jesu gedacht. Aber von nun an war ich *lebendig* vor Gott, und die Tatsache, dass Jesus Christus der Menschheit zu Weihnachten gegeben worden war, wurde für mich zur Realität.

Oft warf ich einen Blick nach oben an die Decke, dorthin, wo der riesige Fernsehbildschirm erschienen war, und durchlebte noch einmal das erregende Ereignis, das dort stattgefunden hatte. Eines wusste ich: Jesus Christus war real! Gott war real! Und ich war ge*rettet!*

Als die Schicht vorbei war, bereiteten meine Freunde wie üblich die Party nach Feierabend vor. Weil ich kein Vergnügen verpassen wollte, war ich immer mit ihnen gegangen, um zu trinken und Hasch zu rauchen. Dort war immer sehr viel los, und ich war immer dabei. Aber heute Nacht war es anders. Als eines der Mädchen mich fragte, ob ich mit zu Dirty Sally's gehen würde, lehnte ich ab.

„Nein“, antwortete ich, „ich möchte einfach nach Hause.“ Sie dachte vielleicht, ich sei krank oder so etwas.

Aber alles, was ich wollte, war, nach Hause gehen und mit Gott reden. Nun wusste ich endlich, dass es Ihn gab, und es gab noch so viele Fragen, die ich Ihm stellen wollte. Da waren einige Dinge, die ich einfach wissen musste!

Nachdem ich mich von allen verabschiedet und die Stechkarte in die Zeiterfassung gesteckt hatte, fuhr ich nach Hause, überwältigt von dem Erlebnis, das ich gehabt hatte. Gott war real. Jesus war real. Aber was sollte ich jetzt tun? Musste ich jetzt zur Kirche gehen und irgendetwas Religiöses tun? Zu welcher Kirche gehe ich überhaupt? Vielleicht sollte ich Gott fragen, um es herauszufinden.

„Gott“, sagte ich, „Du musst mir sagen, wo ich dich finden kann und wo ich mehr über dich erfahren kann. Ich weiß, dass es dich gibt, aber ich weiß nicht, zu welcher

Kirche du gehst oder welcher Religion du angehörst. Ich meine, bist du katholisch? Bist du Mormone? Bist du Methodist oder Baptist?"

Ich war jetzt so erregt darüber, herauszufinden, wohin ich gehen könnte, um Gott zu finden, dass meine Stimme immer lauter wurde. Und schließlich brüllte ich mit nach oben gerichtetem Blick. Ich war mir nicht sicher, wo Gott war, aber ich dachte, Er muss irgendwo da *oben* sein. Auf dem ganzen Weg nach Hause stellte ich Gott Fragen.

Außerdem fing ich an, einige von den Dingen zu verstehen, die in meinem Leben passiert waren. Es war wegen Gott, dass ich nicht bei den Geburten gestorben war! Er war der Grund, warum die Anklage bei der Drogengeschichte fallengelassen worden war! Seinetwegen hatte mein Ex-Mann mir die Kinder nicht wegnehmen können! Er hatte mich daran gehindert, mich selbst umzubringen! Gott war die ganze Zeit da gewesen!

Ich hatte in meinem Leben eine Menge Drogen genommen. Manche Trips waren gut und manche schlecht. Manchmal war ich in Hochstimmung, manchmal war ich bedrückt. Aber so ein Gefühl hatte ich noch niemals erlebt. Dies war der beste Trip, auf dem ich je war, und ich brauchte noch nicht einmal Drogen zu nehmen, um dorthin zu kommen. Ich war high von der Realität Gottes!

Als ich kurz nach drei Uhr früh zu Hause ankam, war ich immer noch angeregt von der ehrfurchterregenden Gegenwart Gottes. Normalerweise ging ich nach der Arbeit noch feiern, und so früh wie heute war ich schon seit langer, langer Zeit nicht mehr nach Hause gekommen.

Ich ging noch im Haus umher, denn ich war viel zu aufgeputscht, um überhaupt ans Schlafengehen zu denken. Schließlich waren da einige Dinge, die ich noch wissen musste.

„Welcher Religion gehörst du an?", fragte ich Gott unaufhörlich. „Ich muss doch wissen, zu welcher Religion du gehörst?", fügte ich hinzu, weil ich dachte, wenn ich es anders formuliere, könnte ihn das bewegen, mir einen Anhaltspunkt zu geben.

Ich wusste nichts über Gott, oder Kirchen, oder Religion, aber ich hatte den ernsthaften Wunsch, etwas herauszufinden. In dem Versuch, Gott zu zeigen, dass ich Ihn wirklich sehen wollte, fuhr ich fort mit meinen Fragen. „Ich war nie in einer Kirche, aber ich werde einer beitreten, wenn du mir sagst, wohin du gehst."

Plötzlich verstummte mein Radio, das auf einen Sender mit Rockmusik eingestellt war. Das Radio stand auf dem Boden, und als ich mich vorbeugte, um die Schaltknöpfe richtig einzustellen, da traf mich die Kraft Gottes und warf mich zu Boden. Mit fest geschlossenen Augen begann ich in Seiner Gegenwart zu weinen.

Plötzlich sprach eine hörbare Stimme aus dem gerade verstummten Radio. „Gehe jede Nacht nach Hause und bete mich an und preise mich!" Gott wusste, dass ich bis spät in die Nacht arbeitete! Und als Antwort auf meine Fragen, zu welcher Kirche er gehöre, fügte Er noch hinzu: „WER BIST DU, dass du MICH in das Gewand einer Religion kleiden willst!"

In diesem Augenblick wusste ich, dass Gott keine Konfession war, keine Religion. Seine Kraft und Seine Gegenwart konnten überall gefunden werden, sogar draußen an der Straßenecke. Und ich wusste, Er war in mein Leben gekommen.

Ungefähr eine Stunde lag ich auf dem Boden, bewegungslos unter der Kraft und der Gegenwart des allmächtigen Gottes. Während ich langsam wieder auf die Beine kam, dachte ich über Seine sonderbaren Worte nach: „Bete mich an und preise mich!" Da ich niemals Anbetung und Lobpreis in einem Gottesdienst erlebt hatte, waren diese Worte ein absolutes Rätsel für mich.

Ich hatte keine Ahnung, was Er meinte.

Aber in meinem Verlangen, Seinen Worten gehorsam zu sein, fing ich an, im Haus umherzugehen und dabei das zu wiederholen, was Er mir gesagt hatte. „Anbetung, Preis, Preis, Anbetung", sagte ich. Es hörte sich nicht schlecht an, so machte ich weiter. „Anbetung, Preis, Anbetung, Preis, Preis, Anbetung!"

„Preis! Anbetung! Preis, Preis, Anbetung, Anbetung!“

Ab und zu warf ich einen Blick an die Decke. Ich nahm an, Gott wäre irgendwo *oben,* und so schaute ich nach oben. Ich fuhr fort, während ich durchs Haus ging, immer wieder „Preis“ und „Anbetung“ zu sagen, in jeder nur vorstellbaren Variation. Ich wusste nicht, dass man singen und tanzen oder rufen und klatschen konnte, um Gott anzubeten – alles, was ich mir vorstellen konnte, war, durchs Haus zu gehen und zu sagen „Anbetung“ und „Preis“. Also war es das, was ich tat.

Als ich später ins Bett ging, nahm ich ein paar Beruhigungstabletten, wie ich es immer tat. Ich ging niemals ohne Tabletten schlafen. Die Drogen hatten mich so aufgeputscht, dass ich etwas nehmen musste, um mich wieder zu entspannen. Aber selbst als ich schon unter dem Einfluss der Drogen zu schlummern anfing, murmelte ich noch vor mich hin: „Anbetung, Preis, Preis, Anbetung“, bis ich eingeschlafen war.

7

Wenn Gott Gott ist

Das anhaltende Summen des Weckers bedeutete, dass es Mittag war. Wie immer hatte ich die Uhr auf zwei Stunden früher gestellt, als ich eigentlich aufstehen musste, damit ich sechs kleine Weiße oder irgendeine andere Art von Speed schlucken konnte, um mich dann noch mal eine Weile schlafen zu legen. Auf diese Weise würde ich für meine abendliche Arbeit in bester körperlicher Verfassung sein.

Ich tastete nach der Tablettenflasche, die immer auf meinem Nachttisch Wache stand. Schon schlossen sich meine Finger um den Deckel. Ich hielt sie für einen Augenblick in der Hand. Eine hörbare Stimme, voller Autorität und Barmherzigkeit, sprach aus der Verschwommenheit des Schlafzimmers zu mir. Es war Gott!

„Sandy, wenn Gott Gott ist, brauchst du diese dann?"

Der Aufprall Seiner Worte explodierte in meinem Verstand! Wenn Gott Gott war – und mit Sicherheit war Er es – dann brauchte ich keine Drogen mehr! Er schuf alles, und Er kann alles tun – Er konnte für Energie sorgen, die ich brauchte. Ich brauchte keinen künstlichen Antrieb mehr. Ich brauchte keine Drogen mehr!

„Okay, Gott", gab ich zurück, „du hilfst mir, ohne die Hilfe von Drogen aufzustehen, und ich gehe arbeiten, und ich werde keine mehr nehmen." Drogen waren seit meinem zwölften Lebensjahr ein fester Bestandteil meines Lebens gewesen. Durch sie konnte ich aufstehen, sie trugen mich durch den Tag und brachten mich wieder zum schlafen. Aber Gott sagte, ich brauchte sie nicht mehr, und so war ich bereit, einen Versuch mitzumachen.

Später, als ich unten mit den Kindern spielte, fühlte ich

mich großartig. Das Gefühl war erhebend. Zum ersten Mal seit Jahren war ich auf den Beinen und funktionierte normal, ohne die Hilfe von Speed. Es war unglaublich.

Während ich mich für die Arbeit zurechtmachte, begannen Zweifel mich zu quälen. Was, wenn ich später Drogen brauchte, aber keine dabei hatte? Sie werden mich rauswerfen, wenn ich nicht ordentlich arbeiten kann. Meine Selbstachtung war so gering, dass ich mich vollkommen leistungsunfähig fühlte ohne die Unterstützung durch Drogen. Ich musste wirklich eine Menge Energie für den Job haben – es war schwere Arbeit. Wenn ich nachher dastehe und habe meinen Job verloren, überlegte ich, was sollen die Kinder und ich dann machen?

Ohne Drogen, fürchtete ich, würde ich die Nachtschicht nicht durchhalten können, so steckte ich meinen Beutel mit Pillen und Kokain in meine Handtasche und fuhr zur Arbeit.

Während ich auf der Schnellstraße zum Hotel fuhr, spürte ich eine große Freude in mir. Es war eine übersprudelnde, beschwingte Fröhlichkeit, die den Wunsch in mir weckte, zu singen! Ich konnte noch nie sehr gut singen, aber in diesem Augenblick hatte ich wirklich das Verlangen zu singen.

Eine vertraute Melodie klang aus dem Radio und zog meine Aufmerksamkeit auf sich. Die Gruppe sang „My Sweet Lord“ (Mein lieber Herr), einen Song, den ich schon viele, viele Male gehört hatte. Aber diesmal begann ich zu staunen, sie sangen tatsächlich ein Lied über den Herrn!

„Mensch, Gott, dich muss es dort draußen geben; sie singen ein Lied über dich!“ So stimmte ich mit ein und fuhr singend die Straße entlang, und rief, „Preis, Anbetung; Anbetung, Preis, Preis, Anbetung.“

An einer roten Ampel blickte ich flüchtig in das Auto neben mir, und sah, wie der Fahrer mich anstarrte. Kein Wunder, dass er so starrt, dachte ich. Hier bin ich und sage „Preis und Anbetung“, und es ist noch nicht einmal jemand bei mir im Auto! Mir fiel ein, dass manche Leute in Irrenanstalten gesteckt wurden, weil sie sich mit sich selbst unterhielten. Möglicherweise hatten manche von diesen Leuten einfach mit Gott geredet, und jemand dachte, sie sprachen mit sich selbst!

„Mensch“, dachte ich, „ich muss vorsichtig sein! Dieser Preis- und Anbetungskram könnte gefährlich sein.“

Übersprudelnd vor Freude erreichte ich das MGM Grand Hotel, ich fühlte mich fantastisch. Gekleidet in Cowboystiefel, Jeans und Nerzmantel ging ich durch den Personaleingang und drückte meine Karte in die Stechuhr. Ich war für diese Nacht bereit.

Plötzlich packte mich die Angst mit einem lähmenden Würgegriff. Ohne es zu wissen, hatte ich den Bereich Satans betreten, und mit Macht griff er mich an. Ich wusste nichts über den Satan oder seine verlogenen, betrügerischen Methoden, aber ich wusste, dass ich Angst hatte!

Stimmen schienen mich zu bedrängen und zu verspotten. „Sie werden dich rausschmeißen“, höhnten sie, „weil du zu langsam sein wirst.“ „Du solltest besser ein paar Drogen nehmen“, schmeichelten sie, „denn du wirst deinen Job verlieren und dazu alles andere auch noch.“ Der Feind setzte alles ein, um mein Leben zu bekommen.

Zitternd und weinend tauschte ich meine Kleider gegen die Kellnerinnenuniform. Eine von den anderen Kellnerinnen kam in den Umkleideraum und fand mich in diesem Zustand.

„Du solltest besser etwas nehmen, Sandy“, warnte sie mich. „Wenn sie dich in diesem Zustand draußen im Saal erwischen, dann wirst du gefeuert.“

Tränen liefen unkontrolliert über mein Gesicht und zerstörten mein perfekt aufgetragenes Make-up und verschmierten meine Wimperntusche in schwarze, salzige Streifen. In dem Bemühen, meine Fassung wiederzuerlangen, richtete ich meinen Blick nach oben und rief einen Gott an, von dem ich dachte, er hätte mich betrogen.

„Gott, ich dachte, du würdest mir helfen. Ich dachte, alles würde in Ordnung kommen!“

Jesus antwortete mir, und ich erkannte augenblicklich,

dass er es war. Sanft und liebevoll beruhigten seine Worte meine Hysterie. „Sandy“, sagte Er, „nenne Ihn *Vater,* in meinem Namen, und Er wird dich befreien.“

Das war unglaublich! Jesus hatte mich Gott dem Vater vorgestellt. Er machte mich mit dem Vater bekannt!

„Vater“, bat ich, „im Namen von Jesus, ich möchte keine Drogen mehr nehmen!“

In dem Augenblick fiel die Kraft Gottes buchstäblich auf mich. Es war eine gewaltige Macht, wie flüssige Liebe. Wellen Seiner Kraft strömten in mich und über mich, hüllten mich in Seiner Liebe ein. Und als der Geist Gottes auf mich kam, meinte ich zu *hören,* wie Ketten, die um mich gewickelt waren – große, ineinanderverschlungene Ketten –, anfingen zu reißen, zu krachen und zu klirren, als sie von meinem Körper abfielen und auf den Boden schlugen. Ich war mit einem Mal vollkommen frei von jeder Drogenabhängigkeit!

Ich marschierte sofort zur Toilette und spülte meinen ganzen Beutel mit Drogen die Toilette hinunter. Ich schrie, lachte und weinte und konnte es kaum erwarten, meinen Freunden zu erzählen, was mit mir geschehen war. Ich war frei! Mensch, ich war frei! Und ich wollte, dass jeder es wusste!

Wie eine Erinnerung aus der Vergangenheit, kam mir ein Lied in den Sinn, ein Lied, das wir früher jeden Morgen in der Grundschule gesungen hatten. Ich öffnete den Mund, und wie von alleine kamen die Worte aus meinem Mund: „Mine eyes have seen the glory of the coming of the Lord … His truth is marching on.“ (Meine Augen haben die Herrlichkeit der Wiederkunft des Herrn gesehen … Seine Wahrheit geht voran!)

Ich *wusste,* Gott ist real, und ich hatte die Herrlichkeit Seines Kommens gesehen! Seine Wahrheit war geradewegs ins MGM Grand Hotel einmarschiert und hatte eine kleine, unbedeutende Kellnerin total frei gemacht!

Glory, glory hallelujah, His truth is marching on!

Meine Tränen wollten nicht mehr aufhören zu fließen. Aber jetzt waren es Tränen der Freude und nicht Tränen der Schmerzen, wie ich es sonst gewohnt war. Und während sie flossen, wuschen sie den ganzen Schmerz aus meinem Leben, den Schmerz und die Bitterkeit und den Groll eines ganzen Lebens, sie wuschen alles weg. Zum ersten Mal in meinem Leben fühlte ich mich *sauber!*

Eine neue Hoffnung und Zuversicht wallten in mir auf. Wenn Gott real war, dann würde ich es schaffen! Ich habe eine Zukunft! Ich werde es schaffen!

Die Begeisterung und die Freude waren einfach zu groß, als dass ich sie hätte für mich behalten können. Ich rannte in die Bar, um mit Bob zu reden, einem befreundeten Barkeeper, der außerdem einer meiner Drogenlieferanten gewesen war. Ich muss wohl ausgesehen haben, als sei ich total berauscht. Weil ich gleichzeitig lachte und weinte, konnte ich nicht einen zusammenhängenden Satz herausbringen.

„Bob", brachte ich zwischen Freudenschluchzern hervor, „Mensch, Jesus Christus ist real! Ich sage dir, Jesus Christus ist *real!*"

Er lehnte sich über die Theke und warf mir mit gerunzelter Stirn einen missbilligenden Blick zu, er dachte, er würde die Ursache meines hysterischen Benehmens kennen. „Was für Zeug nimmst du?", fragte er. „Auf was für einem Trip bist du jetzt?"

„Was immer es ist, Mann", gab ich zurück, „ich werde nicht mehr davon runtergehen, weil es echt ist!" Ich war high mit Jesus, voll bis obenhin mit der Realität von Jesus Christus, und mit der Freude, Ihn zu kennen.

Es mag sein, dass er nicht verstand, was ich versuchte ihm zu erklären, aber eines war sicher, er konnte nicht leugnen, dass *irgendetwas* mit mir geschehen war. Ich war eindeutig nicht mehr derselbe Mensch, der ich gewesen war. Ich arbeitete schnell und korrekt, bediente alle meine Kunden gut, und das ohne die zweifelhafte Unterstützung von Drogen. Und ich fluchte nicht mehr.

Kellnerinnen, zumindest diejenigen, die ich kannte, waren stolz auf ihr schmutziges Vokabular. Jedes zweite Wort war ein Fluch, und wir gebrauchten die dreckigsten, die wir kannten. Schon statt zu sagen: „Hallo, wie geht's", fluchten wir.

Aber in dieser Nacht fluchte ich nicht. Jedesmal, wenn ich gerade ein Schimpfwort aussprechen wollte, kam etwas anderes heraus, wie „Jesus ist real" oder „Preis, Anbetung". Es war unglaublich! Gott hatte mich nicht nur total von der Drogensucht befreit, er hatte auch meinen dreckigen Mund gereinigt!

Eines wusste ich genau, Gott hatte mich bereits geliebt, als ich noch ein völlig wertloser Junkie, ein Drogenabhängiger war. Ich hatte die schlimmsten Dinge getan, und trotzdem liebte Er mich. Und Er würde bei mir bleiben, denn wenn Er die Absicht hätte, mich zu verlassen, dann hätte Er es schon lange tun können. Über meine Befreiung von Drogen und die Reinigung meiner Sprache hinaus, begann ich mich noch auf manch andere Weise zu verändern. Mir wurde klar, dass es Gott nicht gefiel, wenn ich ein Verhältnis mit einem verheirateten Mann hatte. Mike war gut zu mir gewesen, und ich wollte ihn nicht enttäuschen, aber Gott war mir wichtiger geworden. Deshalb, als Mike eines Abends zu mir ins Haus kam, sagte ich ihm, er müsse zurück zu seiner Frau gehen, weil ich Gott gefunden hatte. Er verstand meine Gründe nicht, aber ich blieb fest. In seinem Ärger sagte er einige sehr unfreundliche Dinge, aber Worte konnten mich nicht mehr verletzen. Ich war frei!

Normalerweise, wenn eine Beziehung auseinanderging, empfand ich ein schreckliches Gefühl des Verlustes und der Ablehnung. Aber dieses Mal freute ich mich darüber, und ich bat Gott, mir zu helfen. Er überströmte mich mit einem Frieden, den ich nie zuvor gekannt hatte.

Die nächsten drei Monate beim MGM Grand Hotel waren nicht einfach. Ich geriet ständig in Schwierigkeiten, weil ich von Jesus erzählte. Des öfteren wurde ich vor den Oberkellner oder den Küchenchef gerufen und streng angewiesen, den Mund zu halten. Aber was ich mit Jesus erlebt hatte, war das Beste, was mir jemals passiert war, und es war mir unmöglich, darüber zu schweigen.

In dem Raum, in dem wir uns immer Kokain reinzogen, forderte ich sämtliche kubanische Hilfskellner auf, sich in einer Reihe aufzustellen, und sprach mit ihnen. Ich forderte sie auf, ein Gebet mit mir zu sprechen. Ich sagte: „Wiederholt, was ich sage.“ Sie wiederholten alle: „Gott, wenn es dich gibt, dann komm in mein Leben.“ Das war das einzige Gebet, das ich kannte!

Es klingt unglaublich, aber viele von diesen kubanischen Hilfskellnern wurden durch das Nachsprechen dieses Gebetes gerettet. Sie kamen mit ihren spanischen Bibeln zur Arbeit, und ich brachte meine Familienbibel mit, und gemeinsam betrachteten wir Bibelverse und sprachen darüber. Wir hatten tatsächlich eine Bibelstunde im Hinterzimmer des Casinos!

Mein Hunger nach Gott wuchs. Überall hielt ich Ausschau nach Menschen, die etwas von Jesus wussten. Gelegentlich erzählte mir jemand das, was er wusste, wie zum Beispiel, dass Jesus zu Ostern von den Toten auferstanden ist, und das versetzte mich jedesmal in Begeisterung. Jede kleinste Information war Nahrung für meinen hungrigen Geist. Ich konnte einfach nicht genug bekommen.

Eines Nachts servierte ich Drinks für einen Herrn und drei Damen, die in einer Nische saßen. Zufällig hörte ich eine der Frauen „Vater“ und dann eine andere „Schwester“ sagen. Ich wollte besonders nett zu diesen Leuten sein, in der Hoffnung, ein gutes Trinkgeld zu bekommen, und so warf ich eine beiläufige Bemerkung in ihre Unterhaltung.

„Ach so“, sagte ich freundlich, „dann sind Sie der Vater und haben Ihre drei Töchter hierher gebracht, um die Hallelujah Hollywood Vorführung zusehen. Das ist ja wunderbar.“

„Oh nein, das verstehen Sie falsch“, berichtigte mich der „Vater“ streng, „Ich bin ein katholischer Priester, und diese drei Damen sind Nonnen.“

Woran hätte ich das erkennen können? Sie trugen Straßenkleidung und tranken Alkohol, wie alle anderen auch. Woher hätte ich wissen können, dass sie zur katholischen Geistlichkeit gehören?

Während der Mann sprach, rührten seine Worte etwas in mir auf. Ich wusste nicht ganz genau, was ein katholischer Priester tat, aber ich wusste, es hatte etwas mit Gott zu tun. Die Kraft Gottes berührte mich, und ich begann zu weinen. Nicht nur einige versteckte Tränen, nein, ich schluchzte unkontrolliert. In den Händen mein Tablett mit fünfunddreißig Drinks, fiel ich vor dem katholischen Priester auf die Knie und weinte hemmungslos. Er nippte einfach weiter an seinem Wodka.

„Vater", flehte ich, „können Sie mir etwas über Jesus erzählen? Jesus Christus hat in meinem Leben etwas getan. Mann, Sie müssen mir etwas über Jesus sagen!"

Entsetzt über meine Bitte, saß er einen Augenblick regungslos da und starrte auf die hysterische Frau, die, nur spärlich bekleidet, ein Tablett voller Drinks balancierte. Eine Frau, die auf dem Balkon hinter ihm saß, bemerkte mit unverhohlenem Sarkasmus:

„Mein Gott! Da bin ich 1800 Meilen nach Las Vegas gereist, nur um zu hören, wie jemand nach Jesus fragt."

Der Priester hatte jetzt seine Fassung wiedererlangt und beantwortete mein verzweifeltes Flehen in einem geschäftsmäßigen Ton.

„Ich weiß nicht, was ich Ihnen sagen soll", meinte er, „aber wenn Sie sich unserer Katechismusklasse anschließen, könnte man Ihnen dort vielleicht etwas beibringen, was Sie wissen müssen." Damit wandte er sich ab, und unser Gespräch war abrupt beendet.

Ich war wie vor den Kopf geschlagen – ich konnte es nicht glauben! Nicht einmal dieser Priester konnte mir etwas über Jesus erzählen! Ich musste der einzige Mensch auf der Welt sein, der eine solche Erfahrung gemacht hatte. Wie kann ich den anderen davon berichten, ohne ins Irrenhaus gesteckt zu werden?

Ich setzte meine Suche nach Menschen fort, die etwas, irgendetwas über Gott wussten. Immerhin, eine Freundin unter meinen Kolleginnen hatte einige interessante Informationen für mich. Mittlerweile hatte ich erfahren, dass es einen Heiligen Geist gibt, obwohl ich nicht sicher war, um was es sich dabei handelt. „Wer ist nun eigentlich dieser Heilige-Geist-Typ?“, fragte ich sie während einer Pause.

„Ich weiß es auch nicht ganz genau“, antwortete sie. „Aber ich denke, er ist dafür da, um dich zu trösten oder so etwas.“

Wow! Das war stark! Ein Heiliger Geist, der dafür da war, einen zu trösten! Ich konnte ein wenig Trost gebrauchen. Zu Hause bat ich den Heiligen Geist, mich zu trösten. „Tröste mich, Heiliger Geist“, sagte ich. Es war ein einfaches, kindliches Gebet, aber Gott hörte mich jedes Mal. Der Heilige Geist kam und tröstete mich mit Wellen des Friedens und der Freude.

An einem Abend während der Arbeit servierte ich einem Mann Drinks, der einen von diesen weißen Priesterkragen trug. Er saß da und schaute sich die Striptease-show an, rauchte eine dicke Zigarre und trank einen Jack Daniels on the Rocks. Der weiße Kragen repräsentierte irgendetwas Religiöses, das wusste ich, und es machte mich wütend, wie dieser Typ dort saß und all die Dinge tat, die mit Sicherheit alles andere als religiös waren. Wenn er Drinks bestellte, dann knallte ich sie ihm auf den Tisch. Sogar als er eine ganze Flasche Wein bestellte, knallte ich sie ihm nur auf den Tisch.

Schließlich schaute er zu mir auf. „Was ist denn mit Ihnen los?“, fragte er. Auf diesen Moment hatte ich die ganze Zeit gewartet, um ihm genau zu sagen, was los war, und zwar mit ihm!

„Mein Herr“, gab ich zurück, „Sie sollten überhaupt nicht hier sein, wo diese Shows mit den nackten Mädchen gezeigt werden, und trinken und all das tun, was Sie da machen, mit diesem Kragen um Ihren Hals. Ich dachte, Sie sollten Gott repräsentieren oder so etwas.“

Er blies mir Rauch ins Gesicht und antwortete mit höhnischem Grinsen, „Wissen Sie, Lady, Jesus hat Wasser in Wein verwandelt.“

Ich wusste nicht, was Jesus getan hatte, geschweige denn, dass er Wasser in Wein verwandelt hatte, aber etwas wusste ich.

„Mister", gab ich zurück, „ich weiß nicht, ob er es getan hat oder nicht, aber wenn er es getan hat, dann hat er sicher nichts davon getrunken!"

Später versuchte er mir ein dickes Trinkgeld zu geben, so als ob er für seine Schuld bezahlen wollte, aber ich verlor ein wenig die Fassung und erzählte ihm genau, war er mit seinem Trinkgeld machen könne.

Ich hatte keinen religiösen Hintergrund und keine Ahnung von diesen Dingen, und ich wusste nicht viel vom Wort Gottes. Alles, was ich wusste, war, dass Jesus real war, und das erzählte ich jedem. Durch diese Tatsache wurden, während ich beim MGM Grand Hotel arbeitete, über vierzig Menschen gerettet. Kellnerinnen, Kellner, Hilfskellner und sogar einige der Tänzerinnen der Varieté-Show nahmen Jesus in ihr Herz auf und baten Ihn, sich ihnen zu offenbaren.

Für mich hatte das nichts mit Evangelisation oder Seelengewinnen oder wie immer man das nennen wollte zu tun. Ich wusste überhaupt nicht, dass es so etwas gab. Ich erzählte den Leuten einfach, was Jesus Christus für mich getan hatte, und dass Er ihnen auch helfen könnte. Nachdem sie gerettet waren, kündigten einige sogar ihre Stelle beim MGM Grand Hotel, um eine Arbeit in einer heilsameren Atmosphäre zu suchen. Nachdem die Menschen den lebendigen Gott gefunden hatten, waren sie nicht mehr dieselben. Er berührte sie, befreite sie, half ihnen und gab ihnen ein brandneues Leben.

Nach wiederholten Verweisen, weil ich während der Arbeit zuviel von dem gesprochen hatte, was Jesus für mich getan hatte, war es dann schließlich einmal zu oft, und ich wurde gefeuert. Kokain verkaufen wollte ich auch nicht mehr, und viele Leute wollten mich loswerden.

So war ich auf einmal arbeitslos und ohne jede finanzielle Hilfe, doch eines wusste ich diesmal, Jesus Christus war real, und ich würde es schaffen.

8

Unterwegs für Jesus

Ohne die Belastungen einer Arbeit hatte ich nun mehr Zeit, um einige Entscheidungen zu treffen, die meinen Lebensstil betrafen. Das Geld, das ich gespart hatte, weil ich keine Drogen mehr kaufte, war inzwischen zu einer hübschen kleinen Summe angewachsen, und so wusste ich, wir würden eine Weile ganz gut auskommen. Ich war überzeugt, dass Gott mit helfen und alles gut werden würde.

Eines Abends beschloss ich, das Buch der Offenbarung zu lesen. Ich gehöre zu den Leuten, die immer erst auf das Ende von Geschichten sehen, und ich wollte erfahren, wie die Bibel ausgeht. Diese dramatischen Schriften mit ihrer sonderbaren, geheimnisvollen Bedeutung faszinierten mich. Ich war gefesselt von den ehrfurchterregenden, kraftvollen Versen, die so lebendig die Ereignisse der Endzeit beschreiben.

Als ich im Bett lag, die Bibel auf die Knie gestützt, vertiefte ich mich in die wunderbaren Kapitel. Plötzlich erschien ein helles Licht im Raum. Es war ein leuchtendes, reinweißes Licht, und in der Mitte des Lichtes war Jesus Christus. Dort, gerade in meinem Schlafzimmer!

Die intensive Helligkeit blendete mich, und ich griff nach ein paar Kissen, um mich vor ihrem unglaublichen Strahlen zu schützen. Seine Worte drangen in mein Herz und taten ihre Wirkung. „Ich bin das Licht der Welt“, sagte Er, und ich fühlte, wie Sein Erbarmen für alle Menschen sich in mir ausbreitete.

Später, als ich aus meinem Fenster auf die Lichter der Stadt schaute, sprachen Seine Worte immer noch zu meinem Geist. Durch meine Tränen erschien mir jedes einzelne Licht wie ein funkelndes Kreuz. Seine Barmherzigkeit für verlorene Seelen hatte sich tief in mir eingepflanzt, und ich fing an, Seine unermessliche Liebe zu den Menschen zu begreifen. Die Worte, die er gesprochen hatte, klangen in meinem Herzen, während ich mit Seiner Traurigkeit eins wurde und mit Ihm um eine verlorene Welt weinte. ICH BIN DAS LICHT DER WELT.

Irgendwie wusste ich, dass die Menschen, die an Jesus glauben, zu einer Gemeinde gehören sollten, und so ging ich, bestrebt, mehr über Gott herauszufinden, in eine kleine Kirche in meiner Nachbarschaft. Mit ihrem Turm und dem gepflegten Rasen schien sie in die Vorstellung zu passen, die ich mir von dem Aussehen einer Kirche gemacht hatte.

Während ich auf einer gepolsterten Bank nahe am Ausgang saß, wartete ich begierig darauf, dass der Prediger oder sonst jemand etwas über Jesus erzählen würde. Ich wartete und wartete, aber niemand sagte irgendetwas über Ihn. Ich hörte alles über ihren Baufonds und ihre Kaffee- und Teepartys. Ich hörte alles Mögliche über diese und jene Veranstaltung, aber ich hörte überhaupt nichts von Jesus. Ich fing an zu weinen vor Enttäuschung.

Im Anschluss an den Gottesdienst ging ich auf den Pastor zu, voller Hoffnung, dass er mir etwas erzählen würde.

„Ich bin eine Kellnerin, wissen Sie, vom Las Vegas Strip, und ich habe nie etwas anderes gearbeitet, als Drinks zu servieren. Aber Jesus Christus hat etwas in meinem Leben getan, Mensch, und sie müssen mir einfach etwas über Ihn erzählen. Ich habe überhaupt keine Ahnung, ich weiß nur, dass es Ihn gibt."

Die Antwort des Pastors war sehr zurückhaltend. „Solche Leute wie Sie haben wir schon öfter hier gehabt", sagte er herablassend. „Werden Sie nur nicht zu fanatisch, denn Leute wie Sie verfallen immer gleich ins Extreme. Gehen Sie einmal in der Woche zur Kirche, und für den Rest der Woche machen Sie sich am besten nicht so viele Gedanken um diese ganze Sache."

Völlig verzweifelt, verließ ich weinend die Kirche.

Ströme von Tränen rannen ungestüm meine Wangen hinunter. Gab es denn keinen Menschen, der mich verstand? War denn dort niemand, der mir von Jesus erzählen konnte? Leer und enttäuscht fuhr ich langsam nach Hause.

Ein paar Tage später, als ich mit dem Fahrrad unterwegs war, fuhr ich an einer Buchhandlung vorbei. Als ich genauer hinsah, fiel mir auf, dass es eine christliche Buchhandlung war. Fantastisch! Ich wusste gar nicht, dass es so etwas überhaupt gab. Draußen hing ein großes Kreuz, und ein Kreuz repräsentierte Jesus, das wusste ich. Eilig stellte ich mein Fahrrad ab und ging hinein.

Mir war, als würde ich träumen, ich war überwältigt von dem, was ich sah. Dort waren überall Bücher, Hunderte von Büchern, und sie waren alle über Gott und über Jesus. Es gab alle Arten von Bibeln und Bilder von Jesus, und überhaupt alles, was man sich denken kann. Zum ersten Mal merkte ich, dass es noch andere Menschen geben musste, die Gott kannten, Menschen, die wie ich fühlten!

Dieser Anblick war so wunderbar, dass ich in Tränen ausbrach. Ich behandelte die Bücher wie kostbares, feines Porzellan, sah sie vorsichtig durch und stellte sie dann wieder behutsam ins Regal. Dabei flossen meine Tränen unaufhörlich. Die Frau an der Kasse blickte nervös umher und wusste nicht, was sie tun sollte. Wahrscheinlich hoffte sie, dass keiner von den anderen Kunden, durch mein Benehmen abgestoßen, den Laden verlassen würde.

Schließlich wählte ich eine Broschüre aus und kaufte sie. Der Titel war „Wie lebt man ein geisterfülltes Leben?“. Auf dem Titelblatt war eine Taube abgebildet, und über der Taube stand „Heiliger Geist“. Weil ich mich für den Heiligen Geist interessierte, wollte ich etwas über ihn erfahren. Ich sagte mir: „Da muss etwas über diesen Heiligen Geist drin stehen.“

Eine Weile später, als ich in einer Pizzeria saß, holte ich die Broschüre aus meiner Handtasche. Während ich an einer Cola nippte, fing ich an zu lesen. Darin wurde erklärt, wie man im Heiligen Geist getauft wird. Es war faszinierend, wenn ich auch vieles nicht verstand. Aber ich wusste eines: wenn es irgendetwas mit Gott zu tun hatte, dann wollte ich es haben. Auf der letzten Seite stand ein Gebet.

„Hör mal, Gott“, sagte ich ernsthaft. „Dieses Gebet hier auf der letzten Seite ist genau das, was ich haben will. Ich werde es dir vorlesen, weil ich es von mir aus nicht richtig sagen kann. Und du sagst mir, ob es okay ist.“

Und so fing ich an, das gedruckte Gebet auf der letzten Seite der Broschüre Gott vorzulesen. Alle paar Zeilen schaute ich nach oben (ich dachte immer noch, Gott müsse irgendwo „oben“ sein) und sagte: „Ist das okay?“ Und anscheinend war es okay, denn die Kraft Gottes kam herunter und umhüllte mich mit Liebe. Seine Gegenwart umfing mich, und Er war so real, dass ich fühlen konnte, wie Er mich etwa zehn Minuten lang in Seinen Armen hielt. Mein Herz schmolz in Seiner Zärtlichkeit und Liebe, und ich weinte in unaussprechlicher Freude.

Obwohl ich nicht ganz sicher war, was an diesem Tag mit mir geschehen war, merkte ich, dass sich in mir etwas verändert hatte. Eine übernatürliche Kraft erfüllte mich, und einige wunderbare Veränderungen hatten stattgefunden.

Auf dem Heimweg radelte ich an einer Baptistengemeinde vorbei. Da ich immer noch mehr über Jesus lernen wollte, beschloss ich, am folgenden Sonntag mit meinen drei Kindern dorthin zu gehen.

Dieses Mal wurde ich nicht enttäuscht. Wenn es irgendjemanden gab, der die frohe Botschaft der Rettung predigen konnte, dann war es dieser Prediger. Er war wirklich in Fahrt! Er erzählte alles darüber, wie Jesus den Preis für die Sünde der ganzen Menschheit bezahlt hat, wie er ans Kreuz ging, um zu sterben, und wie Er nach drei Tagen auferstand, wieder lebendig, damit ich neues Leben bekommen konnte. Aufs Äußerste gespannt, hörte ich der Botschaft zu.

Als er diejenigen, die Christus kennen lernen wollten, aufforderte, nach vorne zu kommen, war ich die Erste, die nach vorne ging. Ich erzähle ihm, was mit mir geschehen war. Überzeugt, dass meine Bekehrung echt war, bat er mich, noch am Abend desselben Tages zur Wassertaufe zu kommen.

Ich wurde getauft, und in den nächsten vier Monaten ging ich in diese kleine Baptistengemeinde. Endlich hörte ich das herrliche Evangelium. In dem Wunsch, für Gott etwas zu tun, schloss ich mich ihrem Krankenbesuchsdienst und ihrem Evangelisationsteam an. In der Tat, ich war ihr Seelengewinner Nummer eins. Jedes Mal, wenn ich draußen Zeugnis ablegte, wurden fünfzehn bis zwanzig Menschen gerettet. Die Leute aus der Gemeinde waren total erstaunt, sie hatten noch niemals so etwas gesehen. Aber ich hatte keine besonderen Methoden oder Techniken, ich erzählte den Leuten einfach von Jesus.

Nachdem ich in der Bibel vom Dienst an den Kranken gelesen hatte, hatte ich den innigen Wunsch, den Kranken zu helfen, und so schloss ich mich einer Gruppe an, die sich Chaplain's Corps nannte. Diese Leute besuchten die Menschen im Krankenhaus und beteten mit ihnen. So legte auch ich meine Hände auf die Kranken und erzählte ihnen von Jesus.

Einem Mädchen in dem Chaplain' Corps fiel ich auf. „Hey, Schwester", sagte sie, „bist du nicht Baptist?" „Ja", antwortete ich. „Ich gehe in die Baptistengemeinde."

„Du brauchst aber noch den Heiligen Geist", behauptete sie.

„Ich habe den Heiligen Geist", gab ich zurück. „Ich habe um den Heiligen Geist gebeten."

„Wenn du den Heiligen Geist hast", fuhr sie fort, „dann solltest du in Zungen sprechen."

„O.K.", antwortete ich. „Ich gehe nach Hause und frage Gott, und Er wird mir schon sagen, ob das in Ordnung ist. Ich werde es dir dann später erzählen."

An diesem Abend, als ich zu Hause war, nahm ich mir vor, Gottes Meinung über diese Sache mit dem Zungenreden zu erfahren. Ich zündete zwei Kerzen an (das hatte ich im Fernsehen gesehen, und es sah so „religiös" aus) und stieg in die Badewanne. Taufe hatte mit Wasser zu tun, und so dachte ich, das sei angebracht. Ich hielt meine stattliche Familienbibel aufgeschlagen und wusste, dass Gott die Frage mit dem Zungenreden klären würde.

„Hör zu, Gott, erklär mir bitte mal, ob dieses Zeug mit dem Zungenreden in Ordnung ist", sagte ich ernsthaft.

Als ich dann meine Bibel aufschlug, las ich eine Schriftstelle, die sagte: „Es ist notwendig für euch, diese Gabe zu empfangen, um den Heiligen zu dienen."

„Also ist es ein *Geschenk"*, sagte ich, „etwas, was man *empfangen* muss." Nun war ich wirklich gespannt zu erfahren, was Gott sagen würde. „Okay, Gott", sagte ich, „zeige mir doch noch zwei andere Stellen in der Bibel zu dieser Sache."

Ich klappte meine Bibel zu und schlug sie aufs Geratewohl auf. Diesmal war es das Markusevangelium. Im Kapitel sechzehn hieß *es: „Diese Zeichen werden denen folgen, die glauben ... sie werden in neuen Zungen reden."* Noch einmal schlug ich auf, diesmal die Apostelgeschichte, und las, dass *„sie Kraft empfingen, als der Heilige Geist auf sie kam ... und sie fingen an, in neuen Zungen zu sprechen."* Das wurde langsam echt gut! Also *wollte* Gott wirklich, dass ich in Zungen spreche!

Als ich meine Bibel noch einmal aufschlug, las ich: *„... jetzt aber vollendet das Tun"* (2. Kor. 8,11).

„O.K., Gott", willigte ich ein. „Ich werde anfangen, in Zungen zu sprechen, und du sagst mir, ob es sich richtig anhört."

Da ich nicht wusste, wie dieses „in Zungen reden" sich anhören musste, war ich nicht ganz sicher, was ich tun sollte. Zungensprache, das musste etwas Geheimnisvolles und merkwürdig Klingendes sein, vielleicht wie Zauberworte oder so etwas.

Die am geheimnisvollsten klingenden Worte, an die ich denken konnte, waren: „Jabba dabba doo", etwas, was ich in Fred Feuerstein Zeichentrickfilmen gehört hatte. Das wäre wenigstens ein Anfang, dachte ich.

So saß ich in der Badewanne im flackernden Licht der Kerzen und versuchte in Zungen zu sprechen. „Jabba dabba doo, Jabba dabba doo", wiederholte ich und hoffte, dass ich das Richtige tat.

Auf einmal war es, als ob ich ein Gelächter hörte, ein himmlisches Lachen, das aus dem Thronsaal selbst kam. Gott lachte über mein dummes, aber aufrichtiges und bereitwilliges Bemühen! Es war wirklich zum Lachen! Und dann brach ich auch in ein ekstatisches, schallendes Gelächter aus, und als ich anfing zu lachen, begannen ungewöhnliche Worte aus meinem Mund zu fließen, Worte, die ich noch nie zuvor gehört hatte. Ich lachte in Zungen!

Es war irre! Nun konnte ich in Zungen reden, genauso wie die Leute, von denen in der Bibel geschrieben steht. Ich sprach wirklich „in anderen Zungen"!

Ich sprang aus der Badewanne, schnappte nach meinem Kleid auf dem Weg aus dem Badezimmer und rannte die Treppe hinunter zum Telefon. Als ich die Nummer des Gemeindeleiters der Baptistengemeinde wählte, war ich sicher, dass er von der guten Neuigkeit überrascht und begeistert sein würde.

„Hören Sie, ich spreche in Zungen!", stieß ich aufgeregt hervor, in der Erwartung, dass er in meinen Jubel mit einstimmen würde.

Er war tatsächlich überrascht, aber seine Antwort war nicht das, was ich erwartet hatte. „Legen Sie den Hörer auf", befahl er. „Ich bin gleich bei Ihnen."

Als er eintraf, war er nicht allein, sondern in Begleitung von drei anderen Ältesten. Er hatte anscheinend gedacht, dass er, wogegen er auch einschreiten müsse, besser Verstärkung mitbrächte. Sie ließen mich auf dem Wohnzimmersofa Platz nehmen und versuchten, mir zu helfen, mein „hysterisches" Benehmen vernünftig zu überdenken.

„Sandy", sagte der Gemeindeleiter, in dem Versuch, mich zu beruhigen, „wir wissen, wie Sie sind. Sie sind sehr begeisterungsfähig."

Du kannst darauf wetten, dass ich begeisterungsfähig war. Ich brannte für Jesus Christus. Die Gemeinde hatte schon viele Male versucht, meinen Enthusiasmus zu dämpfen. Sie liebten es, zu sehen, wie Seelen gerettet wurden, aber die Art, wie ich auf die Menschen zuging, mochten sie nicht. Obwohl ich noch nicht viel vom Wort Gottes in mich aufgenommen hatte, ging ich doch mutig auf die Menschen zu, um ihnen zu sagen, dass sie Jesus brauchten. Manchmal nahm ich eine Holzkiste mit auf den Strip, stellte mich darauf und predigte. Jedes Mal lief dadurch eine Menschenmenge zusammen, und so manches Leben wurde für das Königreich Gottes gewonnen. Bei anderen Gelegenheiten ging ich durch die Straßen, verteilte Traktate und erzählte den Leuten von Jesus.

Mit den großen Jesus-Stickern, die ich überall an meine Jeans genäht hatte, sah ich wie eine wandelnde Litfasssäule aus. „Du solltest nicht so viel Reklame machen", äußerten sich die Leute in der Kirche kritisch. Jesus Christus ist nichts, wofür man Reklame macht."

„Wenn ihr bei mir für Ihn ‚Reklame' gemacht hättet", antwortete ich dann schnell, „dann hätte ich nicht zweiundzwanzig Jahre in der Hölle verbringen müssen." Und so machte ich einfach weiter Reklame und gewann Leute für Jesus.

Und nun saßen die Ältesten um mich herum und sahen mich an, überzeugt davon, dass ich wirklich übergeschnappt war.

Der Gemeindeleiter fuhr mit seiner Erklärung fort. „Nun, Sandy", sagte er mit einem gezwungenen Lächeln, „wir wollen Sie ja nicht beunruhigen, aber diese Sache mit den Zungen ist in Wirklichkeit vom *Teufel.*"

Aber seine Schocktherapie schlug bei mir nicht an. „So, ist sie das?", entgegnete ich. „Wissen Sie, ich habe dem Teufel zweiundzwanzig Jahre lang gedient und war einer seiner besten Angestellten, und in der gesamten Zeit, in der ich ihm gedient habe, hat er mir nicht ein einziges Mal gezeigt, wie man in Zungen spricht!"

Sie erkannten, dass sie mich durch ihr Argument nicht überzeugt hatten, und traten unverzüglich den Rückzug an. „Na gut, dann tun Sie eben, was Sie nicht lassen können", sagte der Gemeindeleiter und fügte eine Warnung hinzu:

„Aber tun Sie es nicht in der Gemeinde, und erzählen Sie niemandem etwas davon.“

Eigentlich war ich diesen Männern dankbar dafür, dass sie gekommen waren und versucht hatten mir zu helfen. Sie waren wirklich aufrichtig besorgt, aber die Bibel schrieb so klar über dieses Thema. Ich wusste, dass es echt war, aber weil die Menschen dieser Gemeinde so nett zu mir gewesen waren und ich dort so viel über das Evangelium gelernt hatte, beschloss ich zu versuchen, das zu tun, worum der Gemeindeleiter mich gebeten hatte. Ich nahm mir vor, für die Versammlung und den Pastor zu beten, damit auch sie das verstehen und empfangen konnten, was Gott mir gegeben hatte.

Eines Sonntagsabends vor der Bibelstunde saß ich draußen und las in der riesigen Bibel, die ich überallhin mit mir herumschleppte. Ein interessanter Bibelvers erregte meine Aufmerksamkeit. Er lautete: *„Sie werden die Hände auf die Kranken legen, und sie werden wieder gesund werden“* (Markus 16,18).

Mensch! Das hatte ich vorher noch nie gesehen! Das war eine unglaubliche Entdeckung! Die Leute würden tatsächlich von ihrer Krankheit geheilt werden, wenn ein glaubender Mensch seine Hände auf sie legt!

Die Bibelstunde und der Gottesdienst waren an diesem Abend ziemlich langweilig. Überhaupt schienen die Gottesdienste kein Leben mehr in sich zu haben. Aber ich saß dort, und wie gewöhnlich bat ich Gott, ihnen auch die Kraft des Heiligen Geistes zu geben, wie Er sie mir gegeben hatte.

Bevor ich nach Hause ging, sah ich eine Frau, die an einer schweren Wirbelsäulenarthritis litt. Der Pastor und die Ältesten hatten schon viele Male *über* ihr gebetet und Gott gebeten, wenn es sein Wille sei, diese treue Schwester von ihrem Leiden zu befreien, aber ich hatte noch nie gesehen, dass sie die Hände *auf* sie gelegt hatten, wie Jesus es gesagt hatte. Ich setzte mich zu ihr und schlug in meiner Bibel den Vers auf, den ich vor der Bibelstunde entdeckt hatte.

„Hören Sie", sagte ich begeistert, „hier steht, dass man den Kranken die Hände auflegen soll, und sie werden gesund werden. Toll, was? Und so werde ich die Hände auf Sie legen und für Sie beten, und Gott wird Sie heilen!"

„Ich glaube nicht daran", antwortete sie. „Es könnte vielleicht nicht Gottes Wille sein."

Ich blätterte in meiner Bibel, bis ich die Stelle fand, wo Jesus sagte: *„Dein Wille geschehe wie im Himmel, so auf Erden."*

„Lady", fuhr ich fort, „im Himmel gibt es keine Arthritis. Also möchte Gott auch nicht, dass Sie hier auf der Erde Arthritis haben. Wollen Sie mich nicht beten lassen, dass Gott Sie heilt?"

Dies war ein Angebot, das sie offensichtlich nicht ablehnen konnte. Sie schaute sich um, um sicher zu sein, dass uns niemand beobachtete, dann wandte sie sich mir zu und nickte.

Als ich meine Hände auf sie legte, berührte die Kraft Gottes sie und strömte durch ihre kranke Wirbelsäule. Sie war auf der Stelle geheilt. Es war ein Wunder, vollbracht durch die heilende Kraft Gottes.

Jeder in der Kirche wusste, dass sie geheilt worden war. Trotzdem sagten manche, es käme daher, dass sich ihr Zustand ohnehin schon gebessert hatte, andere meinten, die Krankheit sei durch Zufall verschwunden, während ich gebetet hatte, und wieder andere versuchten es theologisch zu erklären, aber wenigstens eine alte Dame in der Kirche war völlig überzeugt davon, dass die Sache echt war!

* * *

Bevor wir zum dritten Teil dieses Buches kommen, würde ich dir gerne Gelegenheit geben, die Kraft des Heiligen Geistes in deinem Leben zu empfangen. Die Gabe des Heiligen Geistes ist ein Geschenk – genau das und nichts anderes. Jesus hat gesagt, er würde zum Vater gehen und uns einen Tröster, den Heiligen Geist, schicken, der kommen und Seine Wohnung in uns machen würde. Er hat gesagt, der Heilige Geist würde uns Dinge des Vaters offenbaren und uns Sein Wort verständlich machen.

Der Heilige Geist wird auf dich kommen und dir Kraft geben, ein Zeuge für Ihn zu sein.

Ich bitte dich nun zu beten, und Jesus wird den Heiligen Geist aussenden, und Er wird dich mit Kraft ausrüsten, damit du fähig wirst, mutig den Menschen zu erzählen, dass Christus eine Realität für dich geworden ist. Du brauchst die Kraft Gottes in deinem Leben. Ich bitte dich, dieses einfache Gebet jetzt zu sprechen und dich dem Heiligen Geist hinzugeben. Bete einfach so:

Himmlischer Vater, ich danke dir, dass Jesus mein Herr und Retter ist. Ich bin wiedergeboren und ich bin dein Kind, und deshalb habe ich das besondere Recht, die Gabe des Heiligen Geistes zu empfangen. Jesus, ich bitte dich jetzt, mich mit dem Heiligen Geist zu taufen, genau so, wie du es mit den Jüngern am Tag der Pfingsten getan hast. Weil ich dich aufrichtig bitte, danke ich dir für die Gabe des Heiligen Geistes, denn du hast versprochen, dass ich empfangen werde. Du hast gesagt: „Die Jünger fingen an, in anderen Zungen zu sprechen, wie der Geist ihnen auszusprechen gab." So werde ich im Glauben anfangen, Laute des Lobpreises und der Anbetung auszusprechen.

Nun erhebe deine Hände und lass Worte und Silben des Lobpreises (aber nicht in einer Sprache, die du verstehst) zu Gott aufsteigen, wie Ströme lebendigen Wassers, und du wirst entdecken, dass der Heilige Geist dir eine neue, himmlische Sprache des Geistes gegeben hat. Lass die Laute hervorströmen, ohne über die Worte nachzudenken. Lasse deinem Inneren freien Lauf, um Gott laut zu preisen und Ihm deine Liebe auszudrücken. Du wirst nicht verstehen, was die Laute bedeuten, denn die Schrift sagt uns im 1. Korinther 14,2: *„Denn wer in Zungen redet, der redet nicht für Menschen, sondern für Gott, denn niemand versteht ihn, vielmehr redet er im Geist Geheimnisse."*

TEIL DREI

„Und darum danke ich dem, der mir Kraft verliehen hat, Christus Jesus, unserem Herrn, dass er mich treu erachtet und in den Dienst gesetzt hat“ (1. Timotheus 1,12).

9

Leiden für Jesus

In der Baptistengemeinde, zu der ich gehörte, wurde das Evangelium der Rettung für den Sünder wirklich gut und klar gepredigt, weiter als bis zur Wiedergeburt wurden die Menschen jedoch nicht geführt. Aber ich hatte in der Bibel entdeckt, dass es noch mehr gab. Ich war erst seit kurzem Christ, und obwohl ich schon viele wunderbare Dinge über das christliche Leben gelernt hatte, gab es noch sehr vieles, worüber ich keine Erkenntnis hatte.

Die Diakone hatten sich selbst zu meinen geistlichen Ratgebern ernannt, und sie gaben mir viele Ratschläge in der Absicht, meinen christlichen Wandel auf eine höhere Ebene zu bringen. Einmal kamen sie zu mir und belehrten mich darüber, dass, weil ich nun Christ sei, es eine Sünde wäre, wieder zu heiraten, und dass ich nicht in den Himmel käme, wenn ich es doch täte. Diese Nachricht traf mich ziemlich hart. Ich war erst zweiundzwanzig und hatte drei Kinder, und die Aussicht auf ein Leben ohne Ehemann kam mir vor wie eine lebenslängliche Strafe. Sie erzählten mir, dass es noch eine Möglichkeit gäbe. Ich könnte meinen Ex-Ehemann wieder heiraten, das wäre vor Gott akzeptabel.

Mehr als alles andere wollte ich Gott gefallen und Ihm dienen. Und da diese Leute schon seit langem zur Kirche gingen und das Wort kannten, mussten sie wohl recht haben. So beschloss ich, meinen Ex-Mann wieder zu heiraten und mit ihm zu leben, ganz gleich, was geschehen würde.

Es war nicht sehr schwer, ihn zur Wiederheirat zu bewegen. Er hatte erst kürzlich mit seiner Freundin Schluss gemacht, und es gab momentan keine Frau in seinem Leben, zu der er eine feste Beziehung hatte. Und da er pleite war, waren mein schönes Heim und mein Auto, ein Kombi, attraktive Zugaben zur Ehe. Obwohl er meine Gründe für unsere Versöhnung nicht verstand und es ihn nicht einmal interessierte, versuchte ich, ihm meine Motive zu erklären. Ich wollte eine Ehefrau sein, die sich ihrem Mann unterordnet und damit Gott dienen, ungeachtet der Situation.

Die Ehe mit Rick war genau wie früher. Es dauerte nicht lange, bis die grausame Behandlung wieder begann. Immer wieder ertrug ich seine seelische Quälerei, ohne mich zu beklagen, ja ich duldete sogar, dass er mit anderen Frauen ging, in der Hoffnung, meine Untertänigkeit würde Gott gefallen. Jedes Mal, wenn mein Temperament mit mir durchging und ich mich zu verteidigen versuchte, quälten mich hinterher Schuldgefühle.

Trotz allem, eines Nachts wurde ich richtig wütend. Er war mit meinem Bruder ausgegangen, um einen zu trinken, und dann hatten sie sich einen Pornofilm angesehen. Ich hörte sie unten hereinkommen und hörte wie sie lachten und sich über lüsterne Darstellungen amüsierten und über die Frauen sprachen, mit denen sie früher zusammengewesen waren. Es machte mich rasend! Er hatte kein Recht, in meinem Haus über so schmutzige Dinge zu reden.

Schließlich konnte ich es nicht mehr aushalten. Kochend vor Wut rannte ich ein paar Stufen die Treppe hinunter und brüllte ihn wegen seines abscheulichen Benehmens an. Voller Wut raste darauf er die Treppe hoch, stieß meinen Kopf gegen das Geländer und schlug mich ins Gesicht, immer und immer wieder. Ich hörte meine Gesichtsknochen krachen, als sie unter der Kraft seiner Faust zerbrachen. Überall war Blut, das in großen Mengen aus meiner Nase lief und meine Kleider und den Teppich durchtränkte. Mein Bruder stand vor Schreck wie versteinert da.

Völlig benommen, kroch ich auf allen Vieren die Treppe hinunter nach draußen, wo der Kombi geparkt war.

Ich kletterte auf der Fahrerseite hinein, setzte mich hin und untersuchte meine Verletzungen. Vorsichtig strich ich mit dem Finger über meine Nase, sie war mindestens an drei Stellen gebrochen. Meine beiden Wangenknochen waren gebrochen. Ich konnte fühlen, wo Knochen knirschten und sich teilten.

Ich startete den Motor und fuhr mit Höchstgeschwindigkeit weg, um Trost in der einsamen Wüste zu suchen. Aufgewühlt von Schuldgefühlen, fühlte ich Reue darüber, Rick zu einem Streit provoziert zu haben. Immerhin sagte die Gemeinde, ich müsse ihm in allen Dingen untertan sein, und das war ich nicht gewesen. Gott musste sehr enttäuscht von mir sein.

Ich hielt am Straßenrand an und stieg aus. Der Himmel war voller Sterne. Ich schaute hinauf und bat Gott um Vergebung.

„Bitte, Gott", begann ich, „ich weiß, dass ich dies verdiene, ich habe ihn angeschrieen, weil er in diese dreckigen Filme gegangen ist. Ich weiß, dass ich ihm nicht untertan war, aber bitte vergib mir."

Blut und Tränen tropften in den Wüstensand.

„Und bitte, Gott", fügte ich hinzu, „lass mein Gesicht nicht ruiniert sein." Für ein Mädchen aus Las Vegas war das Aussehen sehr wichtig. Gutes Aussehen bedeutete Beliebtheit und Anerkennung. Ich hatte ein attraktives Gesicht, aber nun, da ich befürchten musste, für immer entstellt zu bleiben, geriet ich in Panik!

Plötzlich kam aus dem Himmel ein Lichtstrahl. Er flutete senkrecht herunter und traf auf mein Gesicht. Ich konnte die Wärme der Liebe Gottes auf meiner Haut fühlen. Augenblicklich begannen die Knochen meiner Wangen und meiner Nase sich zu bewegen und an ihren Platz zu gehen, der göttlichen Heilungskraft gehorchend. Gott hatte jeden gebrochenen Knochen in meinem Gesicht geheilt.

Obwohl mein Gesicht noch ein paar Wochen grün und blau aussah, wies es absolut keine Entstellung oder Frakturen mehr auf. Es war vollständig geheilt.

Mein Familienleben war ein einziges Elend. Ich wusste, dass ich Hilfe brauchte, und so reiste ich ab, um meinen Dad zu besuchen. Ich hoffte, dass ich, während ich dort war, jemanden finden würde, mit dem ich über meine Nöte sprechen könnte. Der Prediger einer Pfingstgemeinde versuchte mir zu helfen, und er sagte mir mit aller Entschiedenheit, ich solle aus der Ehe mit Rick aussteigen. Als die Leute der Baptistengemeinde davon erfuhren, schärften sie mir ein, ja nicht auf ihn zu hören. Selbst wenn mein Mann mich zu Tode schlagen würde, rieten sie, sollte ich an dieser Ehe festhalten. Dann würde ich wenigstens im Gehorsam zu Gott in den Himmel kommen. Verwirrt, aber mit dem Wunsch, Gott in meinem Leben zu haben, beschloss ich, verheiratet zu bleiben, in der Hoffnung, dass es schon irgendwie klappen würde.

Kurze Zeit später verkaufte Rick mein Haus und zog mit mir und den Kindern hinaus in die Wüste, in die Nähe von Logandale, Nevada, wo wir einen Schuppen kauften. Und es war tatsächlich ein *Schuppen!* Er hatte keine Türen und keine Fenster! Mäuse rannten überall herum! Die abgenutzten, beschmutzten Wände bildeten einen krassen Gegensatz zu den schicken, hübschen Möbeln, die in den düsteren Räumen aufgestellt wurden.

Rick fuhr montags nach Las Vegas und blieb die ganze Woche dort. Er gab seine Musikauftritte und feierte den Rest der Zeit Partys. Sonntags kam er nach Hause. Es war geradezu ironisch, dass der Tag, auf den ich mich bisher am meisten gefreut hatte, nun der Tag war, vor dem es mir graute. Es war ein Tag der Streitigkeiten, ein Tag ständiger Quälerei und Misshandlungen. Eine seiner größten Kränkungen war, mir fortwährend eine normale eheliche Beziehung zu verweigern.

Ich versuchte verzweifelt, mich seiner Brutalität und seinen Beleidigungen nicht zu wiedersetzen. Es war sehr quälend, und manchmal wurde ich auf sehr demütigende Weise zurückgewiesen, aber ich litt ja für Jesus. Und die Leute in der Gemeinde hatten gesagt, dies sei meine Pflicht.

Während der Woche, wenn Rick in Las Vegas war, verbrachte ich meine Zeit mit angenehmeren Dingen. Das Feuer, den Menschen von Jesus zu erzählen, brannte noch immer in mir, und so ging ich in dem kleinen Ort umher und zeugte von Jesus. Die Einwohner waren zum größten Teil Mormonen, die Nachkommen einer Gruppe von Mormonen, die sich in den Gründertagen hier niedergelassen hatte. Viele von ihnen waren von ihrer Religion abgefallen und nahmen die Botschaft der Rettung durch Jesus gierig auf. Sie saugten das Wort auf, wie ein trockener Schwamm das Wasser! Das Evangelium war in der Tat eine *gute Nachricht!* Mit den Menschen, die durch meinen Straßendienst gerettet worden waren, gründete ich eine kleine Kirche in einer öffentlichen Halle am Ort. Ungefähr dreißig Ex-Mormonen kamen zu den Gottesdiensten.

Die Leute brauchten einen richtigen Pastor, um sie zu führen. Während der Woche konnte ich ihnen helfen und ihnen dienen, aber mein unerretteter Ehemann ließ mich am Sonntag nicht in die Kirche gehen, ohne den größten Widerstand zu leisten. Ich wollte mit ihm nicht darüber streiten. Das gehörte zu meiner Pflicht, dem Mann untertan zu sein, und man hatte mir ja gesagt, dass ich für Jesus zu leiden haben würde.

Ich nahm Kontakt zu der Echoes of Faith Gemeinde in Las Vegas auf, wo ich gelegentlich den Gottesdienst besucht hatte, und berichtete ihnen davon, dass wir dringend einen Pastor brauchten. Sie wollten uns gerne helfen und schickten einen jungen Mann namens Keith Hudson herüber, der die Leute sonntags und mittwochs im Wort lehrte. Ich ging während der Woche auf die Straßen hinaus und führte die Leute zu Jesus, und er lehrte sie das Wort Gottes. Wir hatten eine richtige Erweckung. Weil unsere Gruppe ständig weiter wuchs, brachten Keith und seine Frau ihren Wohnwagen nach Logandale und stellten ihn hinter meinem Haus ab, damit sie näher bei den Leuten sein konnten. Es war fantastisch!

Ricks Misshandlungen und Quälereien gingen derweilen immer weiter. Aber ich glaubte immer noch, es wäre „geistlich", auf diese Weise für Jesus zu leiden, und so unternahm ich nichts, um die Sachlage zu ändern. Ich hatte verschiedene Bücher über Unterordnung gelesen, und sie hatten alle das Gleiche gesagt: Nimm die Züchtigung auf dich. Es ist es wert, um die Rettung zu behalten und in den Himmel zu kommen.

Ein paar Monate später, auf dem Ausflug nach Las Vegas, besuchte ich die Mitarbeiter der Echoes of Faith Gemeinde.

In dieser Kirche herrschte eine warme, liebevolle Atmosphäre. Sie dienten hier hauptsächlich Leuten von der Straße, die wiedergeboren waren. Ehemalige Prostituierte, Drogenabhängige, Zuhälter und ähnliche Leute kamen hier zusammen, um Gott anzubeten und zu preisen. Die Gemeinde wurde von einer Frau namens McCoy geleitet, die eine spezielle Bürde für die Hippies und ähnliches Volk von der Straße hatte, die man in einer traditionellen Kirchengemeinde wahrscheinlich nicht so gern aufgenommen hätte.

Eine andere Frau namens Jody Brown begrüßte mich, als ich eintrat. Gottesfürchtig und mit dem Herzen einer Mutter, war sie immer bereit, jemandem, der in Not war, zu helfen. Und gerade an diesem Tag hatte ich eine schreckliche Not, die mir fast das Herz brach. Angezogen von ihrer Barmherzigkeit, setzte ich mich zu ihr und heulte los.

Mein Arzt hatte mir nämlich gerade mitgeteilt, dass ich schon wieder mit einer Geschlechtskrankheit infiziert war, der gleichen, wie beim ersten Mal. Ich war völlig am Boden zerstört. Misshandlungen und die ständige Vernachlässigung konnte ich noch hinnehmen. Aber dass ich als Christ geschlechtskrank war, gab mir das Gefühl, von oben bis unten dreckig zu sein. Es war ein Frontalangriff auf meine Stellung vor Gott.

In Tränen aufgelöst, erzählte ich Jody von meiner Ehe mit Rick und von all der Not und dem Leid, die diese Ehe mit sich brachte. Ihre Augen füllten sich mit Tränen, während sie mir zuhörte. Sie nahm meine Hände und sah mich an. „Sandy“, sagte sie, „Gott hat nie gewollt, dass du so leben sollst! Diese Lehre, die verlangt, dass du deinem Ehemann untertan sein sollst, selbst wenn er sich wie der Teufel benimmt, entspricht nicht Gottes Vorstellungen.“

Während ich ihren sanften Worten zuhörte, wich die Verwirrung, die in meinem Denken durch die Lehre von dem Untertansein entstanden war. Ich erkannte, dass Jody die Wahrheit sagte.

Noch während sie meine Hände hielt, neigte Jody den Kopf. „Gott“, sprach sie voller Zuversicht, „wenn Sandys Mann auch in Zukunft nicht dir dienen, für dich leben und sie anständig behandeln wird, dann mach bitte, dass *er sie verlässt.* Und im Namen Jesu, berühre ihren Körper und heile sie von dieser Krankheit.“

Da berührte mich die Kraft Gottes und heilte meinen Körper augenblicklich von der Infektion. Ich fühlte mich wieder sauber und heil, wie ich es mir so sehnlich gewünscht hatte. Er hatte mich frei gemacht!

Fünf Tage später rief mein Mann an. Er wolle mich verlassen und mit einem anderen Mädchen zusammenziehen. Er habe mich nie geliebt und nur die Absicht gehabt, von mir zu nehmen, was er kriegen konnte. Wir wurden sofort geschieden. Gott hatte Mrs. Browns Gebet erhört.

Während der nächsten Monate kam ich nach und nach zu der Überzeugung, dass eine Wiederheirat für mich nicht in Frage kam. Und so gab ich mich gänzlich dem Herrn hin. Obwohl ich mir einen Ehegatten von Herzen gewünscht hätte, glaubte ich, dies sei für mich nicht mehr möglich, und ich sagte zu mir selbst: „Wenn ich schon keinen Mann habe, dann will ich einfach nach Jesaja 54 handeln und lasse den Herrn meinen Ehemann sein! Ich werde es sogar ‚offiziell‘ machen!“

Und so ging ich in eine christliche Buchhandlung und begann mir den religiösen Schmuck anzusehen auf der Suche nach einem angemessenen Symbol für meine ‚Ehe‘ mit dem Herrn. Schließlich fiel mein Auge auf einen Silberring mit einem aufgerichteten Kreuz. Der war perfekt! Genau was ich suchte!

Ich bezahlte den Ring, eilte hinaus zu meinem Kombiwagen und begann meine kleine Feier. Ich steckte den Ring auf den linken Ringfinger, schlug in meiner Bibel Jesaja 54 auf und sagte dem Herrn, dies bedeute, dass wir nun offiziell verheiratet seien. „Das wär's", sagte ich ernst. „Dein Wort sagt, dass du mein Ehemann bist – also sind wir verheiratet."

Als ich nach Hause fuhr, fühlte ich mich sehr sicher in meiner brandneuen Beziehung zum Herrn.

Aber Gott hatte andere Pläne mit mir. Und obwohl ich die ganze Zeit lernte und im Wort wuchs, gab es noch viele Dinge, die ich nicht so ganz verstand. Aber Gott ist treu. Er sieht auf die Motive des Herzens, und wenn wir Anleitung brauchen, ist der Heilige Geist fähig, uns zu lehren.

Es dauerte nicht lange, da brachte Er mir eine wichtige Lektion bei – während ich in einem Metallwarengeschäft einkaufte. Meine Augen schweiften gerade über ein Regal mit Farbdosen, als die Stimme, die mir so vertraut war, zu mir sprach: „Schlag deine Bibel auf." Selbstverständlich hatte ich meine Bibel bei mir – ich schleppte das Riesending überall mit mir herum – sogar in die Eisenwarenhandlung. Und Er wusste es!

Als ich die abgegriffenen Seiten aufschlug, fiel mein Blick auf die Bibelstelle: *„Wenn der Ungläubige sich scheiden will, so lass ihn sich scheiden."* Diese Worte sprangen mir in die Augen: *„Ein Bruder oder eine Schwester ist in solchen Fällen nicht gebunden. Zum Frieden hat uns Gott berufen"* (l. Korinther 7,15).

„Was genau meinst du mit *Frieden?"*, fragte ich, denn ich wollte genau begreifen, was Gott mir mit dieser ungewöhnlichen Botschaft sagen wollte. Ich las weiter in dem Kapitel, und meine Augen weiteten sich, als Seine Worte mir lebendig wurden. *(Verse 27 und 28:) „Bist du an eine Frau gebunden? Suche nicht von ihr loszukommen. Bist du los von der Frau? Suche keine Frau. Wenn du aber doch heiratest, dann sündigst du nicht."*

Ich rang nach Luft, als mir klar wurde, was Gott da zu mir sagte. Es war fast zu gut, um wahr zu sein!

„Gott, heißt das, ich kann wieder heiraten?“ Ich wurde aufgeregt.

Freundlich und sanft antwortete Seine Stimme auf meine Frage. „Sandy“, sagte Er, „deine Kinder brauchen einen Vater, und du brauchst einen Ehemann.“

Ein wunderbarer Friede umhüllte mich – dieser unverwechselbare Friede von Jesus selbst – als der Heilige Geist den Staub und die Spinnweben meines falschen Verständnisses hinwegfegte. Ich war nicht gebunden! Ich war frei! Ich war frei in Jesus Christus!

Ich erinnerte mich daran, dass meine Fähigkeit, einen Mann auszusuchen, sich nicht als überragend erwiesen hatte. So bat ich Gott, einen passenden Partner für mich zu finden. Wenn ich Gott einen Mann für mich auswählen ließe, dann würde die Ehe gewiss ein Erfolg werden. Er war auf allen anderen Gebieten meines Lebens treu gewesen, und ich war sicher, dass Er mich auch in dieser Angelegenheit nicht enttäuschen würde.

„Okay, Gott“, betete ich, „ich werde wieder heiraten, aber du musst es für mich arrangieren!“ Das war es, was Er schon die ganze Zeit von mir hören wollte.

Um die Spannung nicht zu hoch kommen zu lassen, damit ich nicht ein Auge auf jedes Mannsbild in der Stadt werfen und mich fragen würde, ob er der Richtige sei, gab Gott mir einen kleinen „Wink“ aus dem Wort, in Bezug auf meinen künftigen Ehemann. Er würde „aus der Ferne“ kommen, sagte Er mir.

An diesem Abend besuchte ich einen Gottesdienst des Christlichen Zentrums von Las Vegas, einer fantastischen Kirche des vollen Evangeliums. Ich saß gerade auf einem Stuhl und wartete darauf, dass der Gottesdienst beginnen würde, da spürte ich ein sanftes Tippen auf meiner Schulter. Als ich mich umsah, bemerkte ich, dass das Tippen von einer kleinen jüdischen Frau kam, die mit dem Heiligen Geist erfüllt war. Sie sah etwas verlegen aus.

„Ich bin nicht sicher, ob Ihnen das irgendetwas sagt“,

sagte sie, als wenn sie sich entschuldigen wollte, „aber ich habe eine Botschaft vom Herrn für Sie. Er sagte, Er schickt Ihnen einen Ehemann aus weiter Ferne, und Sie sollten nicht die ansehen, die um Sie herum sind, und sich fragen, ob einer von ihnen derjenige sein könnte. In dem Augenblick wenn Sie ihn sehen, werden Sie wissen, dass er der Richtige ist.“

Ich sprang fast von meinem Stuhl! Ich packte die kleine jüdische Dame und drückte sie, während ich ihr immer wieder dafür dankte, dass sie mir diese wunderbare Mitteilung gebracht hatte. Und dann, mit den Händen zu meinem herrlichen himmlischen Vater erhoben, dankte ich Ihm für das Geschenk, das Er mir schicken würde – einen Ehemann!

10

Ein Ehemann aus weiter Ferne

Ein paar Wochen später erwähnte Jody Brown, die freundliche Seelsorgerin aus der Echoes of Faith Gemeinde, so nebenbei, ich sollte doch mal ihren Sohn kennen lernen. Ich wollte ihre Gefühle nicht verletzen, denn sie war sehr gut zu mir gewesen. So sagte ich ihr, ich würde mich freuen, ihn „eines Tages“ kennen zu lernen. Ich hatte insgeheim meine Zweifel ihm gegenüber, denn jede Mutter denkt, ihr Sohn sei der Größte, selbst wenn er das Letzte ist. Ich dachte mir, dieser wäre das Allerletzte. Ich hoffte, meine Antwort würde sie zufriedenstellen und ich brauchte diesem Kerl niemals wirklich zu begegnen!

Aber Jody hatte andere Gedanken. Ihr war es ernst damit, uns miteinander bekannt zu machen. Sie rief ihren Sohn Dean an, der in New Mexiko lebte, um ihm zu sagen, dass ich wieder frei sei. Ich wusste ja nicht, dass er bereits ein Interesse an mir zum Ausdruck gebracht hatte.

Ein paar Monate vorher, als er auf Heimaturlaub war, besuchte er die Gemeinde seiner Mutter und hörte, wie ich ein kurzes Zeugnis gab von dem, was Gott in meinem Leben getan hatte.

Darauf fragte er seine Schwester, wer ich sei. Er war Junggeselle und interessierte sich für hübsche Mädchen.

„Vergiss es“, gab seine Schwester schnippisch zurück. „Sie ist verheiratet.“

„Also, wenn sie es nicht wäre“, hatte Dean geantwortet, „würde ich sie noch in diesem Augenblick heiraten.“

Jody hatte diese Unterhaltung mit angehört, und nachdem ich von Rick geschieden war, wollte sie, dass Dean erfährt, dass ich wieder frei sei. Deswegen rief sie ihn an dem bewussten Abend an.

„Erinnerst du dich an die junge Frau, von der du sagtest, du würdest sie auf der Stelle heiraten?“, fragte sie, „Ich wollte dir nur sagen, dass sie nicht mehr verheiratet ist!“

Während sie die Geschichte zu Ende erzählte, teilte sie Dean Einzelheiten über mein Leben und meine Ehe mit. Sie war voller Hoffnung, dass er es in Erwägung ziehen würde, mich kennen zu lernen.

Obwohl Jody noch niemals zuvor versucht hatte, sich in Deans Leben einzumischen, war es diesmal anders. Als Marinesoldat war er im Kriegseinsatz in Vietnam in Reisfeldern herumgewatet und war ständig Gefahren ausgesetzt gewesen. Jody hatte viele Stunden auf ihren Knien im Gebet verbracht und hatte Gott gebeten, ihm göttlichen Schutz vor der dauernd gegenwärtigen Möglichkeit des Todes oder der Gefangennahme durch den erbarmungslosen Feind zu geben. Viele Male war er nur knapp aus Situationen entkommen, in denen er leicht hätte getötet werden können.

Nachdem er von seinem Kriegseinsatz wieder in die Vereinigten Staaten zurückgekehrt war, hatte Dean seine Hingabe an den Herrn erneuert. Er war ein ruhiger, rechtschaffener und disziplinierter Mann, und es verlangte ihn danach, dem Einen zu dienen, der ihn durch diese schwierigen Tage in Vietnam bewahrt hatte.

Aber die Jugendbewegung der sechziger Jahre hatte die bürgerlich denkenden Leute, die die traditionellen Kirchen leiteten, verunsichert. Sie waren befremdet von den langen Haaren und der manchmal bizarren Erscheinung der jungen Leute und waren nicht bereit, sie an ihren Anbetungsgottesdiensten teilnehmen zu lassen.

Einmal half Dean, in seinem Eifer Gott zu dienen, ein christliches Konzert in einer der großen, etablierten Kirchen zu organisieren. An diesem Samstagabend wurden Hunderte von jungen Menschen im Anschluss an das Konzert von neuem geboren. Doch am folgenden Sonntagmorgen musste Dean dann mit ansehen, wie sie an der Kirchentür abgewiesen wurden.

Verbittert durch die Ablehnung, die er erfuhr, wandte sich Dean von der traditionellen Kirche ab. Wenn dies das wahre Christentum sein sollte, dann wollte er damit nichts zu tun haben! Dabei hatte er zwar die Kirche verlassen, aber von Gott hatte er sich deshalb nicht abgewandt.

Deans Mutter, die sich für ihren Sohn natürlich ein erfülltes Leben wünschte, hoffte und betete oft um eine wiedergeborene, geisterfüllte Ehefrau für ihn. Nicht einfach irgendeine, sondern eine ganz Besondere. Zudem hatte Dean eine weitere Ablehnung durch eine Frau erfahren, die er geliebt hatte. Er hatte diese Frau geheiratet, doch sie verließ ihn, nachdem er sie durchs College gebracht hatte. Sie hatte ihn einfach ausgenutzt, aber Jody wusste, dass eine Ehe auch anders sein konnte. Jemand, der richtig mit Gott lebte, würde genau der Ansporn sein, den er brauchte, um wieder zur Gemeinde zurückzufinden und Gott zu dienen. Also erzählte sie Dean, mit einem betenden Herzen, alles über das Mädchen, das er „auf der Stelle" heiraten wollte.

In der folgenden Woche bekam ich einen Brief von Dean. Dieser Brief war herzlich, nachdenklich und freundlich, und Tränen erfüllten meine Augen, als ich die ermutigenden Worte las. Er mache sich Gedanken um mich und die Kinder, ich solle bei Gott um Hilfe suchen, Gott mache die Menschen erfolgreich, hatte er geschrieben.

Es war der schönste Brief, den ich jemals bekommen hatte. In meinem ganzen Leben hatte mich ein Mann noch niemals freundlich behandelt, ohne etwas von mir zu wollen. Bisher hatte mich noch nie jemand wie eine Dame behandelt. Liebe, so wie ich sie kennen gelernt hatte, war immer mit Chauvinismus und seelischer Grausamkeit verbunden gewesen. Und als ich die sanften Worte las, die mir sagten, dass Dean in einer echten und aufrichtigen Weise an mir interessiert war, konnte ich nicht anders als weinen.

Ich wollte ihm unbedingt sofort antworten, so setzte ich mich hin und versuchte zu schreiben. Aber ich musste feststellen, dass ich gar nicht schreiben konnte. Ich hatte nie richtig schreiben gelernt. Da ich die Schule oft geschwänzt hatte und schließlich ganz ausschied, um zu heiraten, fehlten mir sogar einige der grundlegendsten Kenntnisse. Völlig verzweifelt über meine Unfähigkeit, mich auszudrücken, versuchte ich immer wieder, eine angemessene Antwort aufs Papier zu bringen. In der Hoffnung, mein Brief würde „tief" wirken, versuchte ich zunächst so viele komplizierte Worte zu gebrauchen wie möglich, aber das klappte schon gar nicht. Um ehrlich zu sein, ich hatte selbst bei einfachen Wörtern keine Ahnung, wie sie geschrieben werden.

Schließlich war ich völlig frustriert, und alle meine Versuche landeten im Mülleimer. Nach einer Weile gab ich es vollends auf. Ich schaffte es einfach nicht. Und dann vergaß ich die ganze Angelegenheit.

Aber der Herr hatte es nicht vergessen. Einige Monate später, während eines Einkaufsbummels, überkam mich auf einmal ein beunruhigendes Gefühl. Der Heilige Geist überführte mich, weil ich Deans Brief nicht beantwortet hatte. Es war mir so peinlich, besonders weil er in seinem Brief so nett gewesen war, und ich beschloss, noch einen Versuch zu machen, an ihn zu schreiben, sobald ich nach Hause kam.

Doch meine neuen Versuche waren nicht erfolgreicher als die ersten, und so kam ich zu der Überzeugung, dass es einen anderen Weg geben musste. Ich rief Jody an und erklärte ihr mein Dilemma. „Ich wollte ihm antworten und ihm danken", sagte ich, „aber ich kann einfach nicht gut schreiben!"

„Dann kannst du ihm vielleicht persönlich danken", sagte sie fröhlich, „er kommt ja morgen mit dem Flugzeug an."

Ohne dass ich es wusste, hatte Gott Dean auf übernatürliche Weise dazu bewogen, sich um mein Wohlergehen und das meiner Kinder zu sorgen. Nachdem er nichts mehr von mir gehört hatte, beschloss er, nach Las Vegas zu fliegen und zu sehen, wie es uns ging.

Jody gab mir seine Telefonnummer in New Mexiko, wo er seinen Lebensunterhalt als Maschinenarbeiter verdiente. Ich rief ihn an diesem Abend an, entschuldigte mich für mein unhöfliches Benehmen und sagte ihm, dass seine Mutter ihn vom Flughafen abholen würde. Dean nahm meine Entschuldigung wohlwollend an und bat mich, mit ihm zu Mittag zu essen. „Warum treffen wir uns nicht morgen bei meiner Mutter und gehen zusammen aus?“, schlug er vor.

Da ich mich in der Sache mit dem Brief so unhöflich verhalten hatte, konnte ich jetzt schlecht ablehnen. Es kann doch nicht schaden, einmal mit ihm auszugehen, überlegte ich.

Am nächsten Tag begrüßte mich Jody an der Tür. „Komm rein, Sandy“, sagte sie lächelnd. Während ich hinter ihr herging, bemerkte ich einen hochgewachsenen Cowboy, der auf dem Sofa saß.

Eine vertraute Stimme sprach zu meinem Geist. Es war der Heilige Geist. „Das ist er, das ist derjenige, den Ich für dich ausgesucht habe!“, sagte Er.

Ich war entsetzt! Ein Cowboy! Ich hatte niemals einen Cowboy in Betracht gezogen. Seine Stiefel und sein texanischer Akzent waren ein ziemlicher Kontrast zu dem Typ Mann, den ich bisher kennen gelernt hatte. Alles, was ich bisher gekannt hatte, waren Typen mit Goldketten und aufgeknöpften Hemden!

Das Mittagessen bestand aus Sandwiches und Pommes frites in einer Cafeteria. Zwischen den Bissen erzählte ich ihm meine Lebensgeschichte. Er hörte aufmerksam zu, und er schien Mitgefühl für die unglücklichen Ereignisse meiner Vergangenheit zu haben. So stark und ruhig wie er war, begann dieser „Cowboy“, mir etwas zu bedeuten.

Auf dem Weg nach Hause dachte ich, es wäre vielleicht eine gute Idee, die Fakten klar auszusprechen. Dieser Typ musste wissen, dass ich kein loses Verhältnis suchte.

„Hör zu, Dean“, sagte ich geradeheraus. „Ich möchte einfach, dass du weißt, dass ich kein Spielchen spiele. Ich suche einen Ehemann für mich und einen Vater für meine Kinder. Ich habe es satt, herumzuspielen.“

Einen Augenblick lang war er verblüfft von meiner kecken Ankündigung. Dann lehnte er sich herüber und gab mir einen Kuss auf die Wange. „Das ist in Ordnung“, antwortete er, „denn ich bin auf der Suche nach einer Ehefrau.“

Das Kaffeehaus war eine regelmäßige Freitagsveranstaltung der Echoes of Faith Gemeinde. Die Kinder und ich besuchten gewöhnlich diese zwanglose Versammlung, und wir genossen die Gemeinschaft mit anderen Gläubigen. Ich fragte Dean, ob er mich an diesem Abend begleiten würde, und er willigte ein.

Bevor wir ins Kaffeehaus gingen, führten wir die Kinder aus zum Pizza-Essen. Auch wenn die Mädchen sich am Anfang ganz wunderbar benahmen, so hielt das doch nicht lange an! Und Beau benahm sich von Anfang an daneben. Statt seine Pizza zu essen, verteilte er sie über den ganzen Tisch. Da dauerte es nicht lange, bis die Mädchen auch anfingen, mit dem Essen herumzuwerfen. Was für einen Eindruck müssen sie auf Dean gemacht haben!

Im Kaffeehaus war ich normalerweise der soziale Schmetterling der Gruppe. Ich mischte mich unter Jung und Alt, flatterte herum und redete mit jedem und machte bei allem mit.

Aber an diesem Abend war es anders. Dean galt als der am meisten begehrte heiratsfähige Mann, und jeder kannte ihn durch seine Mutter. Und dass ich in seiner Begleitung gekommen war, machte mich bei den anderen alleinstehenden Mädchen nicht gerade beliebt.

Da ich ihr Interesse an ihm bemerkte, wagte ich es nicht, den Tisch, an dem Dean und ich saßen, zu verlassen und hoffte, dass es andere Mädchen daran hindern würde, seine Aufmerksamkeit zu wecken.

Ich war schon zweimal verheiratet gewesen, und manche von ihnen suchten immer noch ihren ersten Ehepartner, aber der begehrteste Mann in der Gegend war in meiner Begleitung! An diesem Abend hätten sie liebend gerne den Platz mit mir getauscht, aber ich dachte nicht daran, ihnen auch nur einen Zentimeter meines Territoriums zu überlassen.

Während ich diskret versuchte, die Konkurrenz zu entmutigen, fuhr ich fort, über den Herrn zu reden, und fragte Dean nach seinem Leben.

Es dauerte nicht lange und wir diskutierten über das Heiraten.

„Meinst du, wir sollten heiraten?", fragte ich.

„Na ja, ich weiß nicht", gab Dean zurück.

„Lass mal sehen, was Gott sagt", schlug ich vor.

Als wir die Bibel wahllos aufschlugen, fanden wir zu unserem Erstaunen wirklich Bibelstellen, die sich auf die Ehe bezogen. Die eine sagte: *„Es ist besser zu heiraten, als von Begierde verzehrt zu werden."* Eine andere sagte: *„Wenn sie die Blüte ihrer Jugend überschritten hat, lass sie heiraten."* Ich war ganz gewiss schon über die erste Blüte hinaus. Eine andere Stelle sagte: *„Wenn sie heiraten, dann sündigen sie nicht."* In allen Fällen schien die Botschaft positiv zu sein: Heiratet! Wir lachten über die Bibelstellen, die wir lasen, und plauderten, während der Abend verging.

Später am Abend schickten wir die Kinder mit einer Freundin nach Hause und verabschiedeten uns von Jody. Dean sagte ihr, dass wir für eine Weile „parken" gehen würden, um uns zu verlieben, damit wir am nächsten Morgen heiraten konnten. „Na klar!", lachte sie und dachte, Dean habe nur einen Witz gemacht.

Aber Dean hatte genau das gemeint, was er gesagt hatte, und so gingen wir hinaus „parken". Doch weil wir Christen waren, stellten wir meinen Wagen nicht draußen auf einem dunklen, abgelegenen Teil der Straße ab, sondern auf dem erleuchteten Parkplatz des Frontier Hotels.

Das Aufgebot von beleuchteten Schildern und Flutlichtern dort ließ es heller erscheinen als am Tag. Aber ich wollte sichergehen, dass Dean gut küssen konnte, und dies war die beste Art, es herauszufinden.

Wir saßen auf dem hell erleuchteten Parkplatz und küssten uns etwa eine halbe Stunde lang. Dean bestand den Kusstest mit Auszeichnung, und so begannen wir wieder über das Heiraten zu reden. Jeder von uns meinte, dass wir es tun sollten, aber wir vereinbarten, bis zum nächsten Morgen zu warten, um zu sehen, wie wir uns dann fühlten. Wenn wir dann immer noch dasselbe empfänden, dann würden wir heiraten. Es schien ganz vernünftig.

Als ich am nächsten Morgen aufwachte, war ich zuversichtlich, dass es die richtige Entscheidung war. Ich summte vor mich hin „I'm getting married in the morning" (Am Morgen werd' ich heiraten), während ich die Nummer von Deans Mutter wählte. Beim ersten Läuten hob Dean den Hörer ab.

„Was denkst du?", fragte ich.

„Nun, was denkst du?", fragte er zurück, denn er wollte nicht der Erste sein, der es sagte.

„Ich denke, es ist in Ordnung."

„Ich denke auch, dass es in Ordnung ist."

Und damit kamen wir überein, an diesem Tag zu heiraten. Der Pfarrer vom Las Vegas Strip, Jim Reed, hatte einen freien Termin um 9.00 Uhr morgens, und er bot uns an, uns um diese Zeit zu trauen. Jim war ein persönlicher Freund von mir und hatte mir schon oft gesagt, ich sollte mir einen Ehemann suchen. Aber ich glaube, so hatte er es sich doch nicht vorgestellt.

So waren wir weniger als vierundzwanzig Stunden, nachdem wir uns kennen gelernt hatten, bereits Mann und Frau. Ich war jetzt Mrs. Dean Brown.

Mein Traum hatte sich erfüllt. Ich hatte jetzt einen *christlichen* Ehemann. Es würde jetzt alles ganz anders laufen – keine Streitereien, keine Missverständnisse, keine Probleme mehr. Ich hatte es wirklich geschafft.

Doch da hatte ich mich gründlich getäuscht! Und es dauerte auch nicht lange, bis ich es herausfand. Die Flitterwochen waren vorüber, und ich musste entdecken, dass ich noch da war und dass Dean auch noch da war. Wir hatten beide all die Unzulänglichkeiten und die schlechten Eigenschaften, die durch die Erfahrungen der Vergangenheit entstanden waren, mit in unsere neue Ehe gebracht. Es war, als ob man versuchte, ein Haus aus defektem Material zu bauen. Es klappte einfach nicht.

Ich war über mich selbst nicht glücklich und fand auch Dean unmöglich. Ganz besonders missfiel mir die Art, wie er die Kinder behandelte. Er versuchte sie zu disziplinieren, aber sie waren noch nie in ihrem Leben diszipliniert worden! Ich dachte, Dean bringt sie um, wenn er ihnen mal den Hintern versohlte. Oh, ich war so wütend auf ihn! Jedes Mal, wenn Dean versuchte, meinen Sohn zum Gehorsam zu erziehen, weinte ich und nahm Beau in Schutz.

Dean versuchte die Kinder zu disziplinieren, weil es für sie gut war, aber ich erkannte das nicht. Auch hatte ich solch eine armselige Vorstellung von mir selbst als Person, dass ich überhaupt nicht wusste, wie es war, zu lieben oder geliebt zu werden. Dies war wahrscheinlich die schwerste Lektion, die ich zu lernen hatte.

Es schien, als ob plötzlich alles gegen uns sei. Beau war schwer an Asthma erkrankt, und wir mussten ihn immer wieder zur Behandlung ins Krankenhaus bringen, manchmal zwei- bis dreimal in der Nacht. Dies machte unsere häuslichen Streitereien, für die ich natürlich allein Dean verantwortlich machte, nur noch schlimmer.

Etwa zur gleichen Zeit hatten wir eine neue Lehre in der Kirche gelernt. Sie lag auf derselben Linie wie die Lehre des „Leiden für Jesus“, die man mir früher beigebracht hatte. Um geistlich zu sein, müsse man für Gott leben, ungeachtet der widrigen Umstände. Aber man hatte uns nicht beigebracht, wie man dem Teufel widersteht, wenn er einen zu Fall bringen will. „Schlag du nur zu, Teufel“, forderte ich ihn heraus. „Ganz gleich, was du tust, ich werde für Gott leben.“ Und so hatten wir, ohne es zu wissen, die Tür geöffnet und den Teufel eingeladen, unser Haus zu plündern und unsere Familie zu zerstören. Und er leistete hervorragende Arbeit.

Dean hatte ein Radiogeschäft eröffnet, und die Sache sah sehr vielversprechend aus. Unglücklicherweise wurden zwei weitere Radiogeschäfte unmittelbar in der Nähe eröffnet, und sie boten ihre Geräte zu Discountpreisen an. Ihre Verkaufspreise waren niedriger als unsere Einkaufspreise – es ist fast überflüssig, zu erwähnen, dass unser Geschäft pleite ging.

Ungefähr zur selben Zeit waren wir mit unseren Zahlungen für das Haus um einige Monate ins Hintertreffen geraten und kamen der Zwangsversteigerung gefährlich nahe. Wenn das Leiden einen geistlich macht, dann waren wir bestimmt die geistlichsten Leute in der ganzen Stadt.

In der Absicht, ein wenig Geld in die Hand zu bekommen, hatte Dean sein Motorrad fertiggemacht, um es zu verkaufen. Er hatte es aus der Garage geholt und in die Waschküche gestellt, während er die notwendigen Reparaturen machte. Eines Abends, als er gerade die Werkzeuge reinigte, die auf dem Boden der Waschküche herumlagen, stieß er aus Versehen einen Kanister mit Benzin um. Das Benzin lief aus, breitete sich auf dem ganzen Fußboden der Waschküche aus und lief auch unter den gasbetriebenen Wasserboiler in der Ecke des Raumes. Augenblicklich erkannte Dean die Gefahr der Situation. „Jesus!“, schrie er.

Eine unsichtbare Kraft hob Dean buchstäblich auf und warf ihn durch die Tür hinaus. Im nächsten Augenblick explodierte der Raum.

Dean versuchte verzweifelt, das rasende Feuer zu löschen. Er brüllte, dass ich und die Kinder aus dem Haus laufen sollten, und benachrichtigte die Feuerwehr. Dann versuchte er wie wild, mit dem Gartenschlauch in die lodernden Flammen zu spritzen.

Die Nachbarn bemerkten das Feuer und liefen auch zu ihren Gartenschläuchen. Aber anstatt Dean zu helfen, das Feuer zu löschen, fingen sie sofort an, die Dächer ihrer eigenen Häuser nass zu sprühen, um so zu verhindern, dass ihre Häuser Feuer fingen. Der Brand lockte viele neugierige Zuschauer herbei. Wir wohnten in einer Sackgasse, und die Autos der Zuschauer hatten die Straße derartig blockiert, dass der Feuerwehrwagen nicht in die Straße hineinfahren konnte. Unser Haus brannte fast bis auf den Grund ab.

Da wir nun kein Zuhause mehr hatten, zogen wir in einen kleinen Wohnwagen, wo die Spannungen zwischen uns immer größer wurden. Wir hatten unser Geschäft, unser Heim, dazu auch noch jegliche Hoffnung verloren, dass unsere Ehe je funktionieren würde. Obwohl wir beide Christen waren, stimmten wir überein, dass die Scheidung die beste Lösung für uns wäre.

Eines Tages im Streit mit Dean, brach die ganze Frustration über das Christentum aus mir heraus. Es brachte mir offensichtlich keine Vorteile. Angewidert und böse hob ich meine Bibel auf und warf mit ihr nach Dean. „Dieser Kram funktioniert nicht!", schrie ich. „Ich dachte, für Jesus zu leben bedeutet, dass man glücklich ist, aber dies ist nichts als die Hölle!" Dean sprang aus dem Weg, um der Bibel auszuweichen, dann hob er sie vom Boden auf und warf sie gleich wieder zurück. „Du hast recht", brüllte er. „Mit dir zu leben ist die Hölle!"

Da standen wir und brüllten und stritten und bewarfen uns gegenseitig mit der Bibel. Schließlich griff ich nach einem Buch, das mir gerade geschenkt worden war. Es hieß: „Erlöst vom Fluch".

„Hör dir diesen Mist an", sagte ich und schlug es auf. „Hier steht: ‚Wer immer zu diesem Berge sagen wird, hebe dich hinweg, und wirf dich ins Meer, und wird nicht zweifeln in seinem Herzen, sondern wird glauben, dass die Dinge, die er sagt, geschehen werden, wird haben, was immer er sagt!' So ein Stuss!"

Ich schlug eine andere Seite auf und fuhr fort zu lesen. „Wenn zwei sich einig werden auf der Erde, worum sie bitten wollen, dann wird es ihnen gegeben werden von meinem Vater im Himmel." Ich warf mit dem Buch nach ihm. Er fing es auf und warf es zurück auf mich. Wütend hob ich es auf und warf es wieder auf ihn. Unser Temperament ging mit uns beiden durch!

Plötzlich hielt Dean inne und schaute mich mit einem sehr ungewöhnlichen Gesichtsausdruck an. „Gott hat uns gerettet“, sagte er. „Er sagte, er würde uns retten und er hat es auch getan. Glaubst du nicht, dass er all das andere, von dem er sagt, dass er es tun will, auch tun wird?“ Dann zeigte er auf das Buch, das auf dem Boden lag und sagte: „Was wenn – nur mal angenommen – was wenn dieses Zeug wirklich funktionieren würde?“

Ich sagte: „In unserem Leben kann das auf keinen Fall funktionieren.“ Aber Dean war nicht davon abzubringen. Ich sagte: „Nun, wenn mit den Bergen die Probleme gemeint sind, dann haben wir mit Sicherheit eine ganze Menge davon!“ Wir hörten auf, uns mit Gegenständen zu bewerfen und setzten uns hin, um diese irgendwie faszinierende und einzigartige Möglichkeit zu besprechen; wir sollten zu den Bergen des Missgeschicks in unserem Leben sprechen können, und sie würden von uns weichen müssen. Wir waren zwar noch nicht sehr glücklich darüber und glaubten auch nicht so richtig, dass es klappen würde, aber wir beschlossen, Gott auf Grund seines Wortes eine weitere Chance in unserem Leben zu geben.

Es gab keine Zärtlichkeit und keine Versöhnung. Es war einfach ein letzter verzweifelter Kampf um unsere Ehe. Wir bissen die Zähne zusammen, gaben uns die Hand und einigten uns darauf, es zu versuchen. Mit einfachen Worten baten wir Gott, unsere Ehe zu heilen.

Durch diese neugefundene Offenbarung war ein neues Interesse an unserer Ehe und an der Bibel in uns erwacht, und so begannen wir in der Bibel nach weiteren Anweisungen zu suchen. Ich fand eine Schriftstelle die sagte: „Ihr Männer, liebet eure Frauen …“, die hielt ich ihm entgegen, als er von der Arbeit nach Hause kam. „Na gut“, sagte Dean. „Aber du musst mich auch lieben! Was dem einen recht ist, ist dem anderen billig.“

Und dann einigten wir uns noch auf etwas anderes: Wir würden uns so verhalten, als ob wir uns liebten. Wir begannen ganz bewusst, uns wie Verliebte zu benehmen, wir brachten Liebe füreinander zum Ausdruck, ganz gleich, wie wir uns fühlten. Es war schwierig, aber wir versuchten es. Obwohl wir am Anfang tatsächlich noch keine wirkliche Liebe füreinander hatten, geschah mit der Zeit eine gewaltige Verwandlung in unsere Ehe und wir begannen eine bisher nicht gekannte Liebe zueinander zu empfinden. Es war nicht einfach gedankenlose, gewöhnliche Liebe, es war eine hingebungsvolle, tiefe Liebe. Die Art Liebe, die von Gott kommt.

Das Wort Gottes hatte tatsächlich den Berg der Probleme aus unserem Leben entfernt. Wir fingen an, unsere Ehe auf einer neuen Grundlage aufzubauen, einer unerschütterlichen Grundlage, die Jesus selber war, der Fels. Die Probleme in unserem Haushalt kontrollierten uns nicht länger, sondern wir hatten sie unter Kontrolle. Dean nahm Autorität über die Krankheit in Beaus Körper und befahl dem Asthma, ihn zu verlassen. Beau hat seitdem nie wieder einen Anfall dieser lebensbedrohlichen Krankheit erleiden müssen.

Zu guter Letzt bauten wir unser Haus von dem Geld, das wir von der Versicherung bekommen hatten, wieder auf. Dean hatte einen guten Verdienst als Anstreicher. Unser Sohn war geheilt, unsere Ehe war geheilt, und wir standen auf dem Wort Gottes.

11

Er bezahlte eine Schuld, die er nicht verschuldet hatte

Vom Beginn meines Lebens als Christ an machte ich die Entdeckung, dass ich, je länger ich mit Gott ging, Ihn immer nötiger brauchte. Als ich Ihn rief, hat Er mich nicht nur gerettet und mir ein neues Herz gegeben, sondern Er gab mir auch eine ganz neue *Richtung* für mein Leben. Er gab mir einen neuen Weg, auf dem ich gehen sollte. Auf diesem Weg war Er immer da, um mir zu helfen, das Richtige zu wählen und die richtigen Entscheidungen zu treffen.

Das ist es, was es mit Jesus auf sich hat. Er ist immer da, um dir Weisheit, Verständnis und Erkenntnis zu geben, damit du nicht mehr so herummurksen musst, wie du es früher getan hast. Selbst wenn du Fehler machst, wie wir es als junge Christen alle tun, schlägt Er dir nicht die Tür vor der Nase zu. Wenn ich hinfiel, hob Er mich zärtlich auf, wischte meine abgeschürften Knie ab und ermutigte mich, weiterzugehen. Immer wieder war Er da, um mir zu helfen. Und auf einmal entdeckte ich, dass ich nicht mehr so oft hinfiel wie am Anfang! Sein Weg ist ein beständiges Vorangehen in Hoffnung und Sicherheit.

Als ich draußen auf dem Las Vegas Strip war, um zu predigen, begegnete mir kaum jemand von den Leuten, mit denen ich früher zu tun gehabt hatte. Ich glaube, Gott beschützte mich während dieser Zeit vor ihrem Einfluss.

Mein Vater und meine Brüder wurden gerettet, als ich offiziell in meinen geistlichen Dienst eingesetzt wurde, und unsere Beziehungen wurden bis in die Tiefe geheilt. Nachdem unsere Ehe wieder in Ordnung war, flog ich nach

Reno, um meinen Vater zu besuchen, und wir hatten eine herrliche Zeit. Ich hatte die Möglichkeit, ihm zu dienen und mich ihm mitzuteilen, und es war einfach wunderbar.

Als ich im Flugzeug für meinem Rückflug war, setzte ich mich hin und bereitete mich auf den Abflug vor. Der Platz neben mir war leer, und so freute ich mich darauf, mich auszustrecken und darüber nachzusinnen, was Gott während des Besuches bei meinem Vater getan hatte.

Gerade bevor die Türen des Flugzeugs geschlossen wurden, kam noch ein Mann an Bord, machte seinen Platz ausfindig und setzte sich genau neben mich. Es war der Kredithai, dem ich immer noch eine Menge Geld schuldete! Was für ein Schock! Ich konnte nicht glauben, dass er es war! Ich war so sicher gewesen, dass meine Vergangenheit vorbei war, und nun war sie wieder da, sie saß direkt neben mir!

Er erkannte mich und grinste. Als ein Mann von großer Gestalt war er daran gewöhnt, starken Eindruck zu machen und hatte sich selbst gut im Griff.

„Mensch, du musst dich aber gut versteckt haben“, sagte er, als würde er sich über das Zusammentreffen freuen.

„Ja, Mann“, gab ich zurück. „Ich bin wirklich an einem Zufluchtsort gewesen.“

„So? Was für ein Ort ist das denn?“, fragte er.

„Lassen Sie mich Ihnen davon erzählen“, sagte ich und setzte mich entspannt in meinen Sitz. Und ich erzählte ihm alles darüber! Ich predigte ihm Jesus Christus auf dem ganzen Weg von Reno nach Las Vegas!

Er war seltsam still. Dann und wann bemerkte ich, dass seine Augen mit Tränen gefüllt waren, aber er sagte nicht viel. Er deutete an, dass er Schwierigkeiten mit der Polizei hatte, wegen des Mädchenhandels, in den er verwickelt war. Ich predigte weiter von Jesus.

Als wir gelandet waren, gingen wir beide zur Gepäckausgabe. Ich war sicher, bald würde er die Schulden zur Sprache bringen, und ich wartete unruhig auf seine Forderung.

Doch nachdem er seinen Koffer vom Gepäckband nahm, lehnte er sich herüber und küsste mich auf die Wange. Dann setzte er seinen Hut auf und schaute mich an. *„Die Schuld ist erlassen, Baby!“*, sagte er, drehte sich um und ging davon.

Dieses Erlebnis zeigte mir ohne einen Schatten von Zweifel die Gnade und die Vergebung Gottes. Jesus Christus hatte nicht nur mein ganzes Leben neu gemacht, Er nahm sich auch des Schlamassels aus meiner Vergangenheit an. Er war mein Bürge, Er hatte mich freigekauft aus all den Fehlschlägen meines Lebens!

Im Natürlichen ist es nicht zu erklären, warum meine Kinder unbeschadet durch den Drogenmissbrauch und meine kaputten Ehen hindurchgekommen sind. Es ist nicht zu erklären, warum sie für uns so ein unwahrscheinlicher Segen geworden sind. Meine beiden Töchter dienen Gott und kennen die Gegenwart Gottes. Mein Sohn hat schon viele Menschen für Jesus Christus gewonnen.

Es ist nicht zu erklären, warum aus meiner Familie das werden sollte, was aus ihr geworden ist. Die einzige Erklärung dafür ist: *Jesus Christus ist real.*

Als ich Jesus Christus mein Leben gab, gab Er mir nicht nur ein neues Leben im Austausch dafür, sondern Er beglich auch die alte Schuld. ER BEZAHLTE EINE SCHULD, DIE ER NICHT VERSCHULDET HATTE, UND ICH HATTE EINE SCHULD, DIE ICH NICHT BEZAHLEN KONNTE!

* * *

EIN NACHGEDANKE …

Einige Leute könnten irrtümlicherweise denken, ich befürworte Scheidung. Das tue ich nicht! Andererseits glaube ich auch nicht, dass Scheidung die „unvergebbare Sünde“ ist. Ich preise Gott, dass Er mir noch eine zweite Chance gegeben hat.

Eines Tages dachte ich über meine Vergangenheit nach. Mir war klar, dass Scheidung *nicht* Gottes Wille ist. Ich fragte Ihn, wie es mit den Fehlern meiner Vergangenheit sei. Ich sagte: „Vater, wenn ich dein Wort schon vor Jahren gekannt hätte, dann hätte ich niemals so viele Fehler gemacht. Aber Vater, obwohl ich viele Fehler gemacht habe, haben deine Segnungen meine größten Hoffnungen und Träume noch übertroffen. Warum, Gott?"

Er sagte zu mir: „Meine kostbare Tochter, Ich liebe dich so sehr, dass Ich meinen einzigen Sohn in den Tod gab, Er starb für dich am Kreuz auf Golgatha, und nicht nur für dich, sondern für die ganze Welt. Weil Jesus wusste, dass es viele Fehler und Sünden und falsche Entscheidungen in deinem Leben geben wird, starb Er für dich und bedeckte deine Sünden mit Seinem Blut. Deshalb, selbst wenn du Meinen Plan A und B oder X, Y und Z für dein Leben verfehlst, werde Ich, dein Erretter, der große ICH BIN, der Schöpfer Himmels und der Erde, der Eine, der alle Dinge gut macht, in dem Augenblick, da du mich um Vergebung bittest und Mir deinen Willen übergibst, einen *neuen Plan* für dich erschaffen! Und er wird vollkommen sein, denn Ich bin der vollkommene Schöpfer!"

„Ist denn dort draußen niemand, der mir helfen kann?" ist der Schrei in den Herzen der Menschen überall. Manchmal wird er laut hinausgeschrieen – etwa in einem verzweifelten Augenblick höchster seelischer Bedrängnis –, so wie es bei mir der Fall war. Häufig aber bleibt er einfach als innere Unruhe, eine unbestimmte Sehnsucht in einem Menschen, der seine normale Lebensroutine Tag für Tag bewältigt. Eine innere Leere ist vorhanden, die kein Beruf, keine menschliche Beziehung, kein materieller Besitz ausfüllen können.

Ist denn dort draußen jemand, der dir helfen kann? Es ist mein Gebet, dass dieses Buch dir die Antwort gezeigt und Hoffnung und Ermutigung gegeben hat, dass auch Dein Leben den Sinn und die Bestimmung haben kann, die du dir wünschst. Dort draußen IST jemand, der dir helfen kann! Sein Name ist Jesus.

Mit diesem Buch haben wir einen kraftvollen Beleg dafür, dass Gott lebendig ist und auch heute noch handelt, in Ihre Hände gelegt. Gern würden wir erfahren, was Sie beim Lesen dieses Buches mit Gott erlebt haben. Bitte schreiben Sie uns! Wir sind gern bereit, für Sie zu beten, wenn Sie Fürbitte wünschen, oder auch Ihre Fragen zu beantworten.

Leuchter Edition GmbH
Postfach 11 61
64386 Erzhausen

Wer sich für andere Bücher oder Kassetten von Sandy Brown in englischer Sprache interessiert, kann ihr unter folgender Adresse schreiben:

Sandy Brown Ministries
P.O. Box 55358
Tulsa, Oklahoma 74155
USA

Bücher der Leuchter Edition

Authentisch – Stark – Lebendig

Stanley H. Frodsham

Apostel des Glaubens

Smith Wigglesworth

Paperback · 240 Seiten · Bestell-Nr.: 547.027 · ISBN 3-87482-027-0
€ 11,25 (bis 31.12.2001 DM 22,80)

Ein einfacher Klempner in England wird zum weltbekannten und wahren „Apostel des Glaubens". Wodurch? Durch die Berührung des Heiligen Geistes und eine ungeteilte Hingabe an seinen Herrn. Eine brennende Liebe trieb ihn zu einem Dienst der Barmherzigkeit, wie ihn nur wenige in diesem Jahrhundert getan haben. Man kann dieses Buch nicht lesen, ohne von der Wirklichkeit des lebendigen Gottes ergriffen zu werden. Er hat, wie nur wenige andere, den Beweis dafür geliefert, dass ein Leben in ungeteilter Hingabe und im Vertrauen heute noch die gleichen Früchte hervorbringt wie zur Zeit der ersten Apostel.

Waldemar Sardaczuk

Begegnung mit dem Wunder Genja

Paperback · 110 Seiten · Bestell-Nr. 547.184 · ISBN 3-87482-184-6
€ 6,50 (bis 31.12.2001 DM 12,80)

Mehr als ein Heilungszeugnis: Der dokumentierte und von Zeugen bestätigte Bericht über das Eingreifen Gottes im Leben einer Frau, deren einziger Wunsch war zu sterben, weil das Leid nicht mehr zu ertragen war. – Ein nachprüfbares und unzweifelhaftes Wunder Gottes in unseren Tagen – fast unglaublich, aber doch so real, dass der russische Geheimdienst KGB alles daransetzte, die Beweise dafür aus der Welt zu schaffen. – Waldemar Sardaczuk, internationaler Direktor des Hilfswerks AVC, ist der Sache nachgegangen und hat die ehemals Todkranke, die heute Mutter von sieben Kindern ist, in den USA ausfindig gemacht. Es kam zur Begegnung mit dem „Wunder Genja".
Ein Bibelstudium zum Thema „Heilung" ergänzt diese faszinierende Dokumentation. Mehr als 100 Bibelstellen – glaubensstärkend und als „Medizin" verwendbar. Weil Gott auch heute noch souverän wirkt.

Bitte fragen Sie in Ihrer Buchhandlung nach diesen Büchern!
Oder schreiben Sie an Leuchter Edition GmbH, Postfach 1161, D-64386 Erzhausen
Fax: (0 61 50) 97 36 36, E-Mail: leuchter-edition@bfp.de